KB021992

꼴통보수

홍문종 지음

무한

PROLOGUE

"이미 일어난 사건은 바꿀 수 없다. 단 우리가 해야 할 일은

역사를 통해 배우고 무고한 사람들을 박해하는 것이

어떤 결과를 가져오는지를 깨닫는 것이다"

−홀로코스트 생존자, 오토 프랑크−

제2차 세계대전 당시 독일의 나치정권이 유대인을 대량 학살했던
아우슈비츠 수용소를 생각합니다.
동족인 유대인들이 나치군과 협력관계를 맺고
홀로코스트에 적극 동조하거나 방조했던 슬픈 과거사를
박물관으로 만들어 불행한 역사를 반복하지 않겠다고 다짐하는 곳입니다.

70년이 지나도록 홀로코스트 조력자들을 겨냥한 추적과 처벌을 이어가며
묵은 빚을 갚고 있는 독일정부의 선택은 인상적입니다.
무엇보다 사기탄핵에 동조했던 사람들이 더는 따지지 말라고
오히려 큰소리치는 대한민국 현실을 생각하면 부럽기까지 합니다.

여러분께 묻습니다.
박근혜 대통령 탄핵에 대한 명확한 평가 요구가
우파진영 분열행위입니까?
불법 탄핵 당시 각각의 처신에 따른 신상필벌 요구가
과연 '박근혜 팔이'로 매도당할 일입니까?

문재인 정권 타도를 위해 박근혜 대통령 탄핵은 무조건 묻고 가자는
저들은 과연 어떤 사람들입니까?
아무도 책임이 없다거나 모두가 죄인이라는 식으로 눙치는 저들이
대한민국 보수우파 정치를 책임지겠다고 하는데
그냥 맡겨도 되는 겁니까?

사분오열 찢겨있는 지지층 통합을 위해서라도
탄핵 진실에 대한 명확한 규명은 불가피합니다.
무엇보다 초유의 대통령 탄핵 사건이 일방적 시선의
허접한 기록으로 매도되는 현실은 반드시 바로잡아야 합니다.
그것이 미래세대를 위한 우리의 최소한의 도리입니다.
그래서 결코 동의할 수 없습니다.

3년여 시간이 지났는데도
황량한 벌판에 던져진 채 삭풍을 맞는 고달픔은 여전한 현실입니다.
그럼에도 뚜벅뚜벅 처음 맘 먹은 그 길을 가고자하오니
따뜻한 눈길로 지켜봐주시기 바랍니다.

국회의원 홍 문 종

CONTENTS

STORY TELLING

彈劾

탄핵 – 투쟁의 역사

홍문종, 삼가 올립니다

"저는 뇌물을 받지도 교비를 횡령하지도 않았습니다"
"정권 교체기마다 반복되는 후진적 정치행태는 이제 끝내야 합니다"
"실추된 국회의 권위를 되찾아야 할 때입니다"

국회의원 불체포특권에 기대려는 의도는 추호도 없습니다.
다만 중심을 잃은 검찰 앞에서 국민의 대의기관인 국회 권위가
얼마나 무기력해질 수 있는지에 대해 한 말씀 드리고 싶습니다.

정권이 교체될 때마다 매번 공수가 바뀐 채 불행한 역사가
무한 반복되고 있습니다.
어제 오늘 일이 아니지만 막상 당사자가 되고 보니 상처가 큽니다.

이런 상황이 지속되는 한 지금까지 그래왔듯,
상식이 담보되지 않은 검찰 수사로는 국회의원 누구라도
체포동의안 표결 처리에서 자유로울 수 없다는 생각입니다.
국회의원의 명운이 검찰의 칼끝에 따라 좌우되는 이 현실에 대해
국회 차원의 관심이 필요한 이유입니다.

지난 1월, 검찰의 첫 압수수색 당시 언론에 보도됐던 저의 혐의는
'불법정치자금(공천헌금) 수수 및 자금세탁 의혹'이었습니다.
그러나 정작 이 꼬리표는 검찰의 체포동의안 청구 기록에는 빠져있었습니다.
검찰이 대대적인 압수수색과 주변인 소환 등 무려 5개월 가까이 이어진
수사를 통해서도 혐의점을 찾아내지 못한 탓입니다.
결국 검찰이 무모한 표적수사로 제게 씌운 범죄의혹은
부끄러운 흔적만 남기고 사라졌습니다.

검찰은 다시 교비횡령. 뇌물수수 등 온갖 가설을 동원해
저를 벼랑 끝에 세웠습니다.

그러나 사실이 아닙니다.
천번 만번 생각해도 사실이 아닙니다.
검찰은 제가 뇌물을 받았다고 하지만, 불법적으로
주고받은 내용물이 없는데 어떻게 뇌물죄가 성립됩니까?
공여자를 특정하지 못하는 일방적 진술을
뇌물죄로 엮어내는 것도 검찰의 특권 영역입니까?

검찰이 정상이라면 저에게 거액의 교비 횡령죄를 씌운
스스로에게 엄청난 부끄러움을 느껴야 합니다.
검찰은 이미 저에게 횡령죄를 적용할 수 없는,
충분한 증빙자료를 확보한 상태이기 때문입니다.
횡령 했다고 주장하는 75억 원 모두 고스란히 학교와 법인재산으로
남아있는 상황을 누구보다 잘 파악하고 있기 때문입니다.

경민학원은 최근 작고하신 선친의 삶 자체라 해도 과언이 아닙니다.
마지막까지 당신의 모든 것을 내놓을 정도로 학교에 대한 애착이
남다르신 분이셨습니다.
학교 돈 횡령은 언감생심 꿈도 못 꿀 일입니다.

그런데도 검찰은 제가 뇌물을 받고 교비를 횡령했다고
국회에 체포동의안을 요구한 상태입니다.
체포동의안이 가결되던 부결되던

적잖은 무죄판결이 기록되는 현실입니다.
그런데도 무죄추정과 불구속 수사 원칙이 시퍼렇게 눈뜨고 있는
대한민국 법 체제 속에서 국회의원에 대한 구속영장을 남발하는
검찰의 진짜 속내는 무엇입니까?

상투적인 정치 수사로 치부했던 말들이 이토록 절절하게
다가올 줄 몰랐습니다.
곁눈질 한 번 안하고 달려온 세월이 20여 년입니다.
거듭 말씀 드리지만 저는 뇌물을 받지도, 교비를 횡령하지 않았습니다.
아무리 돌이켜봐도 세상을 그렇게 함부로 산 기억이 없습니다.

'정치적 꿈'을 키우며 지금껏 매진해 온 시간들이 아깝다는 이유만으로도
그런 선택을 할 수 없는 사람이 바로 저입니다.

진실만큼 강한 무기는 없다는 말에 위로를 느낄 만큼
외롭고 고단한 날의 연속입니다.
그러나 진실의 그날을 위해 견디겠습니다.
기필코 최후의 승자로 남아 대한민국 국회의원 명예를 지키는
대의의 선봉에 서도록 하겠습니다.

2018년 5월

탈당의 변
-자유한국당을 떠나며-

이제
오랜 불면의 고민을 접고 정치적 둥지였던 자유한국당을 떠나고자 합니다.
저라도 먼저 나서지 않으면 보수 재건이 요원하게 될 것 같은 압박감에 승복한
결과입니다.

처음엔 '당의 주인은 우리'라는 생각이 커서 당내 투쟁을 고민하기도 했습니다.
하지만 '보수정권을 창출해야 하는 우리의 당면과제에는 도움이 되지 못하다는
현실을 이제야 깨달았습니다.

그동안 당내 의원들을 설득하기 위해 나름 열심히 뛰었습니다.
우파 시민들의 지지를 얻어야 21대 총선은 물론 2022년 대선에서 정권 창출 가
능성을 기대할 수 있다고 외치고 또 외쳤습니다.

한국당이 보수우익의 중심이 되려면 무엇보다 박근혜 대통령에 대한 탄핵이 부
당하다고 저토록 처절히 외치고 있는 우파시민들 마음을 품어야 한다고,

3년여를 폭염이나 혹한에도 아랑곳없이 서울역, 대한문, 동화면세점, 교보문고
등 광화문 일대를 돌면서 태극기를 흔들어왔던 정통우파 시민들의 오랜 분노에
답해야 한다고,

특히 자당의 대통령 불법탄핵에 동참해 보수궤멸의 결정적 역할을 했던 탄핵찬
성 의원들은 반드시 고해성사 과정을 거쳐야 한다고,
그러면 대통령을 제대로 보필하지 못한 우리도 함께 용서를 구하겠다고까지 했
습니다.

특히 탄핵이 거대한 정치음모와 날조된 정황이 갈수록 기정사실화 되고 있는 만큼 당 차원에서 객관적 사실에 기초한 탄핵백서를 제작하자고 반복해서 요구해 왔고 황교안 대표께도 요구했으나 별다른 조치는 없었습니다.

그래서 나선 것입니다.
더 이상 한국당 역할을 기대하기가 쉽지 않다는 판단이 들어 나라도 태극기 세력을 주축으로 하는 정통 지지층을 결집하고 선명한 우파 정책으로 그들의 선택폭을 넓혀주는 방식으로 보수정권 창출을 해야겠다고 나섰습니다.

그러나 돌아오는 건 '박근혜 팔'이니 '보수 분열'이니 '공천받기 위한 꼼수'라느니.. 차마 옮기기 민망한 욕설과 저주성 악담들이었습니다.

그 험한 말들이 제 본의를 왜곡하면서 횡포를 부릴 때 속이 상했지만 감당해야 할 몫이라 생각하며 순응했습니다.

과거 박근혜 정부 당시 '동지의 인연'을 나눴던 몇몇 동료 의원들의 '처세술'도 상처를 줬습니다.

국회의원이 되기 위해 당시 그들이 박 대통령 앞에서 어떤 처신을 했는지 기억에 생생한데 너무도 달라진 표정으로 세상 인심을 전하고 있는 그들이 놀라웠습니다.

그래도 면전에서는 아무런 내색을 하지 않았습니다. 맞서 싸울 적이 아니라 서로의 정치영역을 품앗이로 확장해 줄 '한 식구'라는 생각 때문이었습니다.
그런 와중에도 "장도를 기원한다" "통합의 큰 물길에서 다시 만나자"는 등의 격려 문자로 위안을 준 후배 의원들에게 감사인사 드립니다.

저는 이 순간이 먼 훗날 국가와 민족을 위한 현명한 선택으로 역사에 기록될 것을 확신하고 있습니다.

탈당을 만류하면서 모 의원이 공개적으로 창당의 정치적 대의 명분과 가치 등을 밝혀달라고 요구한 질문에도 답하겠습니다.

"저는 태극기 신당 창당의 가치는 정통우파의 선명한 정치결사체의 구심점이 되어 국민을 바라보는 정치를 실현할 수 있다는 것이고, 3년 동안 태극기를 흔들어 온 정통우파 지지자들의 눈물을 닦아주는 게 우리의 대의명분이자 직면한 당면과제라고 생각합니다"

거듭 말씀 드리지만
신당 창당을 위해 당을 떠나는 저의 결단은 보수 분열이 아닙니다.
보수정당의 외연 확장입니다.
우선 당장 정의당 민평당 등이 여당인 민주당과 하나가 되니
한국당을 패싱한 채 국회가 열리고 있지 않습니까?

이런 식인데 앞으로 한국당 혼자 어떻게 보수우파 정책을
실현시키겠다는 말입니까?

회자정리 거자필반(會者定離 去者必返)이라고 했습니다.
지금 비록 당을 떠나지만 애국의 길, 보수재건의 길에서 반드시 다시 만나게 되리라 확신합니다. 어떤 경우라도 정치를 개인의 영달이 아닌 역사 앞에 떳떳한 성과로 남을 수 있도록 늘 마음에 새기고 노력하겠습니다.

모쪼록 저의 충심을 혜량해 주시고 격려와 배려의 눈길로 응원해 주시길 바랍니다. 감사합니다.

2019. 6. 18

지소미아

지소미아는 한미일 공조와 러시아, 중국, 북한 의 세대결을 근본으로 하고 있다.

그리고 일본과의 과거사 정리를 명분 삼아 지소미아를 건드린 지금의 대한민국 정부는 자유민주주의 시장경제 서방국가들과 함께 하게 될지 아니면 중국이나 러시아 심지어 북한의 동조세력이 될 지를 결정하는 중대 기로에 놓여 있는 셈이다.

오죽하면 미국이 한미동맹을 인질로 삼고 주한미군 철수까지 운운하면서 이에 대한 중요성을 강조하고 있겠는가를 생각하면 답은 이미 나와있다.

우리가 보다 깊은 분별력으로 지소미아 사태를 천착해야 하는 이유다.

전 세계 많은 나라들이 미국의 우방국이 되기를 원하고 있다.

세계 유일의 분단국으로 남북이 대치상태에 놓여있는 우리로서는 더더욱 한미일 공조의 울타리가 필요한 상황이

다. 그것이 한반도의 공산화를 노리고 있는 북한과 중국, 러시아의 꿈을 무위로 돌리고 평화통일의 지름길로 갈 수 있는 유일한 해법이기도 하다.

실제 2차 세계대전의 패망국이었던 독일과 일본이 오늘날의 경제대국 지위를 확보할 수 있게 된 배경에 미국의 역할이 컸다는 건 주지의 사실이다.

대한민국이 10대 경제 강국 반열에 오르게 된 것도 결국 한미동맹을 바탕으로 한 미국의 안보지원에 힘입은 바 크지 않은가.

무엇보다 우리는 월남식 통일의 실체를 이미 알고 있다.

지소미아 종료 시 그 종착점이 암울한 미래라는 사실 역시 충분히 예견할 수 있다.

종교는 물론 거주의 자유조차 없는 오로지 김일성 왕조에 대한 숭배가 최고의 선인 통제사회를 원하는 대한민국 국민이 과연 있을까?

지소미아가 국민 개개인의 일상에 미치는 파장을 알고도 이 정부의 처신을 방관하는 건 매국과 다를 바 없다.

공수처법

공수처법은 명백히 불편부당한 편법이다.
세계에서 이를 허용하는 건 중국과 북한 두 나라 뿐이다.
그런 점에서 문재인 정권이 온 나라를 발칵 뒤집으면서까지 공수처법 통과에 사생결단 양태를 보이는 건 비정상적이다.

내용을 들여다 보면 알겠지만 공수처법은 검찰을 대통령 권력의 시녀로 전락시키고 무소불위의 힘을 갖겠다는 대국민 선전포고나 마찬가지다.
특히 민변 중심의 좌파들을 위한 일자리 창출용이라는 생각을 지울 수 없다.

실제 공수처법은 대통령 마음에 따라 수사를 개시하거나 중단할 수 있고 한번 임명되면 9~10년은 자리보존이 가능하다. 본인은 물론 전 가족이 각종 의혹에 연루돼 국민적 공분을 사고 있는 '조국'도 무죄방면이 가능한 마술같은 법이다. 조국이 그토록 공수처법 통과에 집착한 이유가 다 있었다.

이런 이유 때문에 공수처법을 반대한다.
검찰개혁의 당위성에는 동의하지만 더 센 권력을 동원하기보다 검찰 본래의 직분에 충실할 수 있는 방안을 만들어 주는 게 합리적이라고 생각한다.
검찰개혁, 별거 아니다. 기소권 독점이나 먼지털이식 별건 수사, 정치적 하명수사 등 오명의 함정으로부터 무고한 시민을 지킬 수 있으면 그게 진짜 검찰개혁이다.

이승만, 박정희 그리고 박근혜

이승만_

자유민주주의와 시장경제, 한미동맹을 바탕으로 한 이승만 대통령의 탁월함에 놀랄 때가 많다.

만약에 대한민국 건국 당시 자유민주주의와 시장경제, 한미동맹을 뚝심으로 밀어붙인 이승만 대통령이 아니었다면 오늘 날 대한민국 현실은 생각만 해도 끔찍하다.
모르긴 몰라도 공산 치하에서 신음하고 있는 북한 주민과 다를 바 없는 삶을 이어가고 있을 것이다.

이 점만으로도 이승만 대통령은 건국의 아버지로 불릴 자격이 충분하다.

물론 3선 개헌을 통해 장기집권을 시도했던 과오마저 미화될 순 없다.
하지만 그가 우리에게 남긴 수많은 공적을 가릴 수 있는 명분이 될 수 없다.
특히 학생들이 4.19 봉기로 저항하자 즉각 하야를 결단하는 모습도 우리가 통상적으로 생각하는 독재자와는 거리가 멀다.

무엇보다 눈에 띄는 이승만 대통령 공적은 '박정희'라는 인재를 발탁해 걸출한 지도자로 키워낸 안목이다. 6개월 동안 미국 유학을 보내 선진문물을 익히게 하고 군 역사상 보기드문 '캔두군단'을 이끄는 지도자로 거듭날 수 있도록 배려했다. 이승만 대통령이 아니었다면 이 땅에 빛나는 산업화의 역사가 과연 가능했을까?

그 자신 힘없는 조국을 위해 빛나는 청년의 역할을 다했듯 대한민국의 가난을
물리칠 인재발굴에도 최선을 다했다.
일찌감치 한강의 기적을 일굴 토대를 만들어낸 셈이다.
그것만으로도 그는 충분히 우리의 국부로 추앙받을만하다.

박정희_

박정희 대통령 처럼 진영 논리에 따라 공과에 대한 평가가 판이한 분은 없을 것이다. 5.16을 혁명이라고 평가하지만 5.16에 대해 편견이 심했던 미국 케네디 대통령도 당초 입장은 달랐다. 결국 이를 용인했던 이승만 대통령 영향력으로 승복했지만 말이다.

대한민국 5천년 역사의 가난을 물리친 박정희대통령의 공로는 아무리 강조해도 지나침이 없다. 그가 아니었다면 오늘의 대한민국은 없었다. 이를 간과하고 박정희 대통령을 친일파로 매도하거나 독재자의 상징으로 음해하는 건 어불성설이다. 대한민국 역사에 끼친 그의 엄청난 공적을 잘 모르거나 알고 싶지 않은 자들, 특히 북한 김일성 등의 공작정치 결과가 아닌가 생각한다.

박정희 대통령의 새마을 운동과 한강의 기적을 배우고자 한국을 찾는 세계인의 물결이 날마다 장사진을 치고 있다. 박정희 리더십은 오늘날까지 동남아를 비롯한 저개발국가의 롤모델로 환영받고 있다. 100달러도 안되는 나라가 3만 달러의 시대를 열고 원조를 받던 나라에서 지원하는 국격을 갖추게 되기까지. 쓰레기통에서 무슨 장미꽃이 피겠냐는 주변의 의구심을 부러운 시선으로 바꿔버린 박정희 대통령의 애국심이 있었다.

그럼에도 사람들은 여전히 박정희 대통령의 독재를 문제 삼는다. 국가 경제가 일정정도 수준에 도달하기 전까지는 정부주도의 관치가 불가피하다는 역사적 증언에도 불구하고 박정희 대통령에 대한 흠집내기에 혈안이 된 무리들은 그에 대한 폄훼를 멈추지 않는다. 특히 경부고속도로, 포항제철 등 대형 프로젝트를 결정할 때마다 막무가내로 그를 고독하게 내몰았던 자들이 국가적 부의 수혜를 마다하지 않는 걸 보면 어이없다.

박근혜_

그를 떠올릴 때마다 가슴에 납덩이를 얹은 듯 하다. 무엇보다 아쉬움이 크다. 만약 박근혜 대통령이 사기탄핵 마수에 걸리지 않고 제대로 임기를 마쳤다면 대한민국 정치현실은 지금과 많이 달라져 있을 거라고 생각한다.

특히 보수우파 진영에서 탄핵에 동조하는 무리들이 아니었다면 대한민국 국민이 보다 나은 삶을 영위할 수 있게 됐을 거라는 회한이 크다.

다만 시간이 갈수록 사기탄핵의 전모가 드러나는 만큼 언젠가는 박근혜 대통령을 제대로 평가하는 날이 올 거라는 믿음으로 위안을 삼는다.

역사상 가장 청렴했던 대통령에게 뇌물죄를 씌웠던 그 부정한 손길이 스스로의 부끄러움을 이기지 못해 고통받을 그날이 반드시 올 것이라 생각한다.

그보다 더 중요한 것은 박근혜 대통령의 개혁정책이 사람들을 등 돌리게 했지만 결국은 그의 선택이 옳았다는 것을 알게 될 날이 오고야 말 것이다.

아무리 박근혜 대통령의 무능을 핑계 삼아도 혁혁히 존재감을 드러내고 있는 그의 업적 앞에서 쩔쩔매고 있으니 하는 말이다.

통진당 해산, 전교조의 법외노조화, 공무원 연금 개정, 개성공단 폐쇄 등 자유민주주의와 시장경제를 바탕으로 한 박 대통령의 과감하고 진일보한 정책들이 지금은 비록 저들의 폭압에 갇혀있지만 반드시 제 모습을 구현할 부활의 그날을 학수고대 한다.

4+1 야합체

일찌감치 정권의 조력자로 전락한 위성야당들과
여당의 조악한 협잡으로 얼룩질 국회의 비운을
경고한 바 있다.

그리고 우리는 오늘 국회의장이 내년도 예산안을 처리하는
과정에서 이들과 하나가 되어 제1 야당을 따돌린 채
폭거의 들러리를 자처하는 현장을 똑똑히 목격했다.

억장이 무너질 일이 현실로 닥친 것이다.

국회를 능멸한 이 무서운 현장은 공수처법이나 선거제가
통과될 경우, 종종 맞닥뜨리게 될 우리의 가까운 미래다.
또한 감당해야 할 엄중한 현실이기도 하다.

이 끔찍한 만행을 저지할 수 있는 방법은 있다.
우리공화당에 힘을 실어 대항마로 키우는
유권자의 올바른 선택이 그것이다.

무너진 법치로 국회와 검찰이 정권의 꼭두각시가
되는 일만은 막아야 할 텐데 큰일이다.

DMZ를 지나며

오늘 DMZ 철조망을 지나니 아버지 생각이 많이 난다.

아버지는 공산당이 싫어 실향민의 삶을 선택하셨지만 평생을 고향에 두고 온 가족들을 그리워하셨다. 이 길을 함께 지날 때도 고향의 형님 누님 이름들을 되짚으시며 보고 싶어 하셨다.

명절 때마다 눈물을 보이시는 아버지 때문에 덩달아 우리들도 울컥 하던 기억이 새롭다.

그러면서도 아버지는 고향을 찾지 않으셨다.

공산당이 없어지고 평화통일이 되기 전에는 안 간다고 하시더니 끝내 고향 땅을 밟아보지 못한 채 유명을 달리하셨다.

목적을 위해선 수단을 가리지 않는 그들에 대한 불신이 너무 컸던 탓이다.

무엇보다 아버지는 공산주의로부터 우리 민족의 불행이 시작됐다는 믿음이 확고하셨다. 우리들에게도 귀에 못이 박히도록 "공산당은 절대 상종 못할 인간"이라고 가르치셨다.

특히 인간을 파멸로 이끌고 한 번 빠지면 빠져나오지 못하게 만드는 공산주의에 심취해 있는 사람을 경계하라고 하셨다.

공산주의를 이길 수 있는 유일한 해법은 힘으로 제압하는 것이라고 하셨다.

정치는 물론 경제, 문화예술 분야에서도 우리가 절대 우위에 서 있어야 한다고도 하셨다.

세뇌될 정도로 아버지 말씀을 듣고 자란 제가 공산주의에 단호한 입장인 건 너무도 당연하다.

같은 맥락으로 박근혜 대통령도 부친인 박정희 대통령께 그런 가르침을 받았을 거라고 생각한다. 박정희 대통령 유고 시에도 "38선은요?" 라고 국가안보에 대한 우려를 표명하신 건 결코 우연의 산물이 아니었을 것이다.

공산주의자들은 힘으로 제압할 수 밖에 없고 또 역사적으로 공산주의는 반드시 망하게 돼 있기 때문에 지금 어렵고 힘들다고 공산당과 타협해서는 안된다고 하시던 아버지 말씀에 새삼 무릎을 치게 된다.

미국이고 북한이고 설자리를 잃고 천덕꾸러기가 되어가는 이 정부의 현주소를 생각하면 더 그렇다.

문재인 정부는 퍼주기 대북 정책이 실패했음을 인정하고 미련을 버려야 한다.

최소한의 양심이 남아있다면 독일식 통일 방안에 대해 깊은 관심으로 접근해 보길 바란다.

재임 당시 박근혜 대통령께서 북한의 2000만 주민을 향해 자유민주주의 품으로 오라고 했던, 해방선언을 연구해 보는 것도 해법이 될 것이다.

비록 박대통령께 탄핵의 변고를 안겨준 동인이 되기도 했지만 현 시점의 대한민국이 지향해야 할 불변의 가치가 아닐까 생각한다.

거듭 강조하건대 간 쓸개 내장 심지어 우리 목숨까지 내 주겠다는 이 정부의 대북 정책은 그런 점에서 재고의 여지가 많다.

더 큰 낭패를 보기 전에 지금이라도 바로잡아야 한다.

뻐꾸기의 '탁란'

요즘 들어 '마지막 애국' 운운하면서 박근혜 대통령의 통 큰 결단이 대한민국 우파를 살릴 수 있다고 압박하는 일들이 많아졌다.

그동안 탄핵파들이 면피용으로 상용하던 '탄핵매뉴얼'과 많이 닮아있다.

심지어 태극기를 들고 나선 우리공화당 당원들을 분열주의자로 몰아세우면서도 무고한 현직 대통령을 끌어내려 적진에 던져버린 사탄파들의 죄상에 대해서는 입도 벙긋 안한다.

결론적으로 말하면 이들의 주장은 기본적인 섭리를 외면하고 있어 재고의 여지가 없다.

정치적 반대자들과 한 통속이 되어 탄핵에 찬동한 62명은 더 이상 보수우파 세력이 아니다.
그런데도 그들과 함께 우파 정권 세우기에 힘을 합하라는 주문은 문재인 정권 시즌2를 만들자는 선동과 다르지 않다. 박근혜 대통령님께서 끊임없이 공고한 보수우파 정권 건립을 위해 정체성이 선명해야 한다고 강조하시는 이유를 생각하면 답이 나와 있다.

말하자면 그동안 보수우파는 얌체 뻐꾸기의 '탁란'에 희생돼 온 뱁새였다.
뱁새는 아무것도 모르고 자기 알을 깨버린 뻐꾸기 알을 헌신적으로 키워내지만 뻐꾸기는 은혜는커녕 둥지를 버리고 배덕의 길을 떠난다.
실제 우리는 박근혜 대통령 탄핵으로 배덕의 쓰디쓴 결과물을 이미 맛본 경험자들이다.

이번에야말로 대한민국 보수우익의 미래를 어둡게 하는 가짜세력을 확실하고 분명하게 정리해야 하는 이유다. 가짜보수로 뭉쳐 문정권 처벌에 성공한들 결국 문재인 시즌2에 일조하게 될 뿐이라는 건 너무도 명약관화하다.

더 나아가 자유민주주의, 시장경제, 한미동맹을 바탕으로 한 대한민국 건설은 요원해지고 김정은에게 통째로 갖다 바치게 될 것이다.
이 점을 확실히 인식해서 더 이상 탄핵을 묻어라 마라 이런 식의 불편부당이 판을 치는 일이 없도록 해야 할 것이다.

혁명의 DNA

"홍문종 의원이 고상하고 유능한 정치인이라는 덴 동의한다. 그러나 홍의원이 혁명을 한다면 그건 NO다" 지인으로부터 전해들은 '누군가의 생각'입니다.

생전의 아버님도 "너무 물러서 이 험한 세상을 어떻게 이겨 나갈지 모르겠다" 고 걱정이 많으셨습니다.

그때마다 "아버지, 저 그렇게 만만하지 않으니 걱정하지 마세요. 제가 누굽니까? 홍경래 후손이잖아요" 응수했는데 같은 대답을 그 분께도 전하고 싶습니다.

"걱정 마시고 저와 함께 구국의 혁명대오에 함께 해 주십시오"

그렇습니다. 저는 홍경래 후손입니다.

선대인 고조할아버지께서는 평북 정주의 화전민 출신이셨습니다.

1811년 지방차별과 조정 부패에 대항해 농민항쟁을 일으켰다가 실패했던 홍경래 대원수의 식솔로 찍히는 바람에 세상을 등지고 숨어 사시면서 화전민이 되신 거지요.

이후 할아버지 대에 평양으로 이주해 사시다가 아버님은 공산치하를 피해 월남하셨다는 얘기를 어릴 때부터 들으면서 자랐습니다.

그러니 저에게 혁명군의 피가 흐르고 있는 건 너무도 당연한 일입니다.

다만 아버님 덕분에 유복하게 자란 탓인지 남들과 심하게 다퉈본 기억은 없습니다. 다른 이에 대한 양보를 당연시하는 집안 분위기와도 무관하지 않겠지요.

그럼에도 불구하고 저 그렇게 호락호락하지 않습니다.

홍경래 할아버지는 실패했지만 이 홍문종은 반드시 성공한 혁명의 역사를 쓰겠습니다.

저 개인의 성공이 아니라 대한민국 존립을 위해, 반드시 성공한 혁명가 반열에 이름을 올려 역사에 기록되고 싶습니다.

그러니 걱정 마시고 저와 함께 해 주십시오.

홍경래진도 (洪景來陣圖)

전략적으로도

오늘 박지원 의원이 방송에 나와 이른바 "4+1야합체"의 공고한 단결력을 과시하면서 내년도 총선에서 168석을 확신했다고 한다. 또 패스트트랙 법안 표결 시 자유한국당이 할 수 있는 일은 아무것도 없을 거라는 조롱까지도 했다고 한다.

내 이럴 줄 알았다.
올 봄, 나경원 원내대표가 '문 대통령은 김정은의 수석대변인'이라고 일갈하며 기세를 올리던 당시부터 경고해왔는데 막상 고립무원 처지로 내몰리는 꼴을 보니 울분이 치민다.
언론 등을 통해 당시 제 발언을 보면 알겠지만 당시 자유한국당에 몸담고 있던 저는 줄기차게 오늘의 사태를 경고하며 대응책 마련을 요구한 바 있다.

폭주하는 집권 여당과 그 야합 세력이 선거법 개정을 통해 2중대, 3중대, 4중대 작전으로 자유한국당을 고립시키면 힘 한번 제대로 못쓰는 무기력 상태에 빠지게 될 거라고, 따라서 우리 보수우익 진영도 체제 개편을 통해 대응책을 마련해야 한다고 설득하러 다녔는데 그 때 저를 만났던 당사자들은 기억하고 있으리라 생각한다.

특히 황교안 대표에게는 이런 얘기도 했다.
혁신진보우파(이해 난망한)를 자처하는 바른미래당, 이도 저도 아니게 어정쩡한 자유한국당, 그리고 보수 본령이 될 박근혜 대통령 당 등 보수진영 상황을 언급하면서 한국당 혼자 힘으로는 결코 이들의 야합을 막아낼 수 없고 이대로 놔두면 보수궤멸이 불을 보듯 하니 보수우파의 한 축으로서의 역할을 해야 한다고 주문했다.

박근혜 대통령님 탄핵에 대해서도 나름 해법을 제시하며 결단을 요구했는데 면피성 꼼수로 적당히 묻어가려는 사람들이 여전히 한국당 안에서 왈가왈부하는 현실을 보면 아직도 멀었다는 생각이다.

탄핵을 찬성한 사람들에게도 "잘못된 선택이었음을 인정하고 용서를 구해라, 우리도 대통령 잘못 보필한 과오를 고해성사하겠다. 그렇게 해서 일단 탄핵 정변으로 인해 고통받은 분들로부터 신뢰를 되찾아야 한다. 그래야 보수우파 진영의 근간이 구축되고 하나가 될 수 있다" 그렇게 당부하고 또 당부했었다.

하지만 돌아온 대답은 한결 같이 "정치적 소신이었다, 역사에 맡기자..." 등 허세와 망발로 가득찬 배신의 언어 뿐이었다. 그렇다고 지금 그들의 정치적 위상이 나아진 것도 아니다.

이런 상황에서도 우수마발 모으듯 보수통합을 외치고 있는 한국당을 보면 무슨 생각을 하고 있는 건지 모르겠다. 책임감조차 자각하지 못하는 모습이다.

마음이 무겁다.

좀 더 포용하면서 더 간곡하고 낮은 자세로 설득하지 못한 아쉬움도 많다. 지금이라도 각오를 다지지 못하면 우리 모두 보수궤멸과 대한민국 멸망이라는 씻을 수 없는 과오의 공범으로 전락할 수 밖에 없을텐데.

그럼에도 불구하고 본질을 호도하는 탄핵파들의 궤변으로는 문제를 해결할 수 없다는 생각이다. 그들은 심지어 탄핵에 대한 개인적 판단을 용납하지 않는 폭력성으로 마음의 짐을 덜고 싶은 이들을 압박까지 한다.

진정한 사과와 눈물 없이는 보수 분열을 치유할 수 없는 현실을 3년여 시간이나 경험했으면서 여전히 어리석은 모습을 보이고 있는 것이다.

명확히 설명도 없이 문재인 정권 끌어내리는 게 시급하니 무조건 묻고 가자고 하면 설득당할 사람이 과연 몇이나 되겠는가.

좌파 정권 타도를 위해 보수통합이 필요하니 더 이상 탄핵을 거론하지 말자고 한다. 그렇다면 아무리 문재인 정권이 싫어도 사기탄핵으로 지옥의 문을 연 유발자들의 사과 없이는 함께 할 수 없다는 저항이 3년간 이어지는 현실은 어쩔 것인가?

차라리 용서를 구하는 게 전략적으로도 명분으로도 더 현명한 선택이다.

이 처절한 이념 전쟁이 우리들 문제로 끝나지 않고 후대에 물려줄 삶의 질까지 결정되는 중요한 의제이기 때문이다.

"이래도 저와의 동행을 외면하시렵니까?"

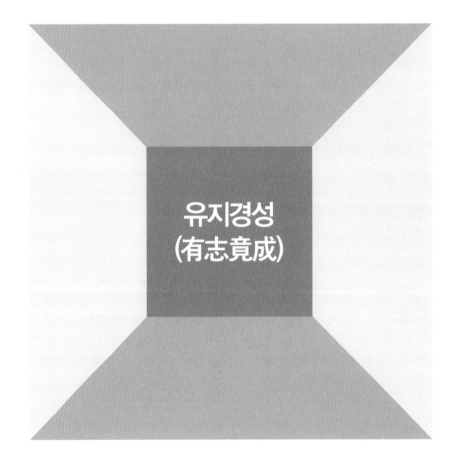

유지경성
(有志竟成)

대통령이 청와대를 떠난 이후에도 대통령에 대한 호불호를 빙자한, 자의적인 해석들이 넘치는 인터넷 공간은 여전히 어지럽다. 오로지 목적달성을 위한 집요하고 천박한 시도들이 피아구분 없이 만연돼 있는 상태다.

말도 안되는 루머가 버젓한 언론보도로 둔갑돼 있는 가하면 대통령의 상황을 각자의 입맛대로 왜곡해 이용하는 일이 다반사로 일어나고 있다. 대통령의 처지를 어렵게 하는 것도 문제지만 국익에도 해악이 된다는 점에서 마음이 무거워지는 것도 사실이다.

역사를 통해 사필귀정의 명제가 실현되는 현장을 수 없이 목도했던 우리다. 이후로도 진실 규명을 위한 노력을 도외시 할 수 없는 이유다. 최선을 다해 힘을 보태겠다.

소크라테스가 '독배'를 마시는 심정으로 헌재 판결을 받아들이지만 반드시 다음 단계로 나갈 것이다.

STORY ONE

洪

홍 – 생각과 가치관
1. 넓다
2. 크다
3. 큰물. 홍수
4. 여울

시인의 소망으로

윤동주의 '서시'를 입안에 굴려본다.
하늘을 우러러 한 점 부끄럼 없기를 기원했던
시인의 순결함이 손에 잡힐 듯하다.
시인의 숭고한 삶에 고개가 절로 숙여진다.
어지러운 정치 현실을 정화시키는데
일조하는 정치인이고 싶다.
하늘을 우러러 한 점 부끄럼 없는
대한민국 정치를 실현시키고 싶다.

자존감은 나의 힘

미국에 유학 간 지 얼마 안되었을 때의 일이다. 운전을 하다가 애매모호한 도로표지를 빨리 판단하지 못해 적발됐는데 백인우월주의자 같은 경찰의 언행이 문제가 됐다.

"잘 몰라서 실수했다"고 하자 비아냥거리듯 "Use your head"라고 하면서 딱지를 뗀 것이다. 이에 발끈한 내가 "Use your heart"라고 응수하자 그는 더 이상 아무 말도 못했다.

이 이야기가 동승했던 학우에 의해 알려져 한동안 하버드 내에서 화제가 된 적이 있다.

이렇듯 자존감은 삶의 고비를 맞을 때마다 나를 더 뜨겁게 담금질시켰다. 그렇게 더 큰 소망을 감당할 수 있도록 내 인생의 지평을 넓히는 도구가 됐다.

"Use your head."
"Use your heart."

산은 산 물은 물

성철 스님은 생전에 어느 누구라도 부처님께 삼천 배의 절을 마친 이후에만 친견하는 기회를 주기로 유명했다.

단순히 절을 반복하는 행위에 지나는 것이 아니라 가슴속에 똬리를 틀고 있는 '아상'을 뽑아내고 남을 위하는 마음을 갖도록 변화시키는 그만의 중생구제법이었다.

실제로 삼천 배를 하고 나면 대부분 심중의 변화를 일으키기 마련이라는 게 중론이다. 처음에는 억지로 하는 절이 어려워도 삼천 배를 채우다 보면 저절로 남을 위해 살겠다는 마음을 갖게 되는 신비한 체험을 하게 된다.

'산은 산이고 물은 물이다.'

어느날 점심 식사 후 산책을 하면서 개나리도 보고 진달래도 보고 매화꽃도 보고 하면서 조그만 도랑물을 지나는데 문득 성철 스님이 남기신 말씀이 떠올랐다. 그때 동행하던 친구 홍승기에게 전했더니 이런 농을 던졌다.

"만일 성철 스님이 아닌 보통 사람이 '산은 산이고 물은 물'이라고 얘기했다면 법어고 뭐고 사람들의 비웃음부터 사게 됐을걸? 아니 '그러면 산은 물이고 물이 산이란 말이야?' 하면서."

요즘 세상은 사물을 있는 그대로 봐주지 않은 게 당연시되는 풍토가 만연되어 있다. 그래서 서글프다고 생각하는 건 나만의 정서일까. 누가 뭐라고 해도 그 이면이 어떠니 속사정이 어떠니 진정한 의미가 무엇이니 하는 잣대로 분석하는 행위 앞에서 좌절하게 된다. 아무리 은유와 수사의 시대라고 해도 바른 마음, 바른 느낌 등이 무시당하는 의미 없는 세상이라는 생각을 지울 수 없기 때문이다.

그럼에도 불구하고 '자연의 이치와 순리'는 거스를 수 있는 대상이 아니다.
똑같은 매화라도 보는 이에 따라
웃음을 머금은 꽃이 되기도 하고
초연해지는 매화가 되기도 한다.
또 이제 막 피기 시작한 매화인가 하면
지기 시작하는 꽃이기도 하다.

개나리는 시종일관 변함없이 항상 제자리에 있을 따름인데
단지 이를 바라보는 사람의 의지에 따라
표현하고 싶은 형상대로 바뀌기 일쑤다.

그 순간 '아 그래, 기왕 사는 거, 바른 마음으로 사는 게 정말 중요하다!'는 깨달음이 퍼뜩 머리를 스치며 가슴을 울린다.
덩달아 '산은 산으로 보고 물은 물로 보라'는 성철 스님의 큰 뜻도 헤아려진다.
우리에게 바른 마음가짐으로 담백하게 살라는 당부의 의미였을 것 같다.
이는 기독교에서 예수가 제자들에게 어린아이와 같은 마음을 갖지 않으면 천국에 갈 수 없다고 하신 말씀과 일맥상통한다.

결국 어린아이와 같은 순수하고 바른 마음이
세상에서 가장 큰 힘을 갖는다는 가르침으로 받아들이게 된다.

감사와 배려

영어에서 가장 중요한 단어

5단어로 I am proud of you

나는 당신이 자랑스럽다

4단어로 What is your opinion?

당신의 의견은 무엇인가?

3단어로 If you please

당신이 좋다면

2단어로 Thank you

고맙다

1단어로 You

당신

미국 유학 시절, 처음엔 살짝 부딪칠 때마다 'I'm sorry'를 연발하거나 동양에서 온 낯선 나를 볼 때마다 'Hi' 하고 반겨주면서 존재감을 확인시켜주는 미국인들의 모습이 생경하고 당황스러웠다. 에둘러 말하는 것이 미덕처럼 여기는 우리 문화와는 너무 다른 풍경이었기 때문이다. 그러나 그 모습이 곧 타인에 대한 배려가 몸에 밴 미국인들의 합리적인 사고에서 비롯됐음을 알게 되었다.

인간의 만남은 순환구조의 연속선상에 놓여 있다고 해도 틀린 말이 아니다. 이왕이면 바람직한 관계 형성을 바라는 건 인지상정이다. 그러나 바람직한 인간관계가 저절로 형성되는 게 아니라는 데 문제가 있다. 무엇보다 시작된 순환구조에서 관계의 결속을 다지고자 하는 일단의 역할이 필요하고, 그중 서로에 대한 '배려와 감사'는 인간의 만남을 바람직하게 순환시키는 일종의 윤활유가 된다.

희생은 감사와 배려의 가장 승화된 형태의 결정체다.
우리는 이미 경주 최부자나 미국의 빌게이츠 등이 물질의 희생으로 자신은 물론 다음 세대를 위한 축복의 계기가 되는 사실을 경험하고 있다. 이들의 선행은 또 다른 형태의 감사를 구현시킨다는 점에서 엄청난 생산성을 입증한 바 있다.
개인의 자아 확대, 자기 존재의 극대화 현상의 노골화와 무관하지 않을 것이다.
그런데도 선뜻 희생을 실천에 옮기고자 하는 움직임은 쉽게 찾기 힘들다.
'인간적인 너무나 인간적인' 모습으로 이해될 소지가 없는 건 아니지만 아쉬움이 남는다.

모든 문제의 근원은 내부의 분열이다. 단기적인 대차대조표에 지나치게 집착하면 답이 보이지 않는다. 장기적인 안목으로 항구적인 해결책을 찾아내는 일을 외면해서는 안 된다. 급조된 처방은 쓸데없는 내성만 키울 수도 있다.

삶에서, 앞으로 치닫는 순간 못지않게 지나온 시간에 대한 성찰 역시 중요하다. 지난 시간을 뚝 떼놓고 현실이나 미래만으로 우리의 삶이 규정될 수 없는 것과 같은 이치다.

'배려하고 감사하고 그리고 희생 앞에서 겸허해지기'

좀 더 인간답게 잘 살 수 있는 묘책이 아닐까 싶다.

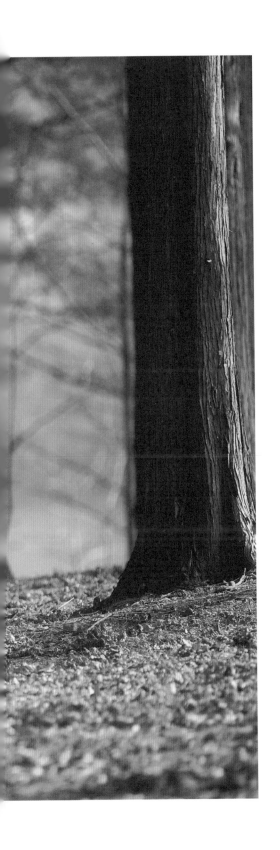

숲길에서

휘영청 밝은 달은
북한산 뒤에
숨었거니 품었거니
신비로운 어둠을 섞어
속세를 비추이다

달 비친 숲속길은
진한 나무 향 배어
품었거니 놓았거니
향기로운 풀내를 뱉어
사람을 취히키다

비온 뒤 개울소리
달빛에 교란되어
흐르거니 멈추거니
알송달송 무리를 지어
산천을 아우르다

따뜻한 님의 손은
물소리 달빛에 하나되어
꼼지작거리니 간지르니
사랑스런 몸짓을 지어
누구를 간지른다

사즉생

막사이사이 필리핀 전 대통령

1957년 비행기 사고로 급서한 필리핀 막사이사이 전 대통령, 그의 품격과 공적을 추모·기념하기 위해 '막사이사이상'이라는 국제적인 상이 만들어질 정도로 성공한 지도자 반열에 올라 있는 인물이다. 필리핀이 제대로 서려면 공무원의 부정부패를 근절시켜야 한다는 주장으로 대통령이 된 그는 재직 시 필리핀 국운 융성의 공적을 평가받고 있다.

당초 운전기사로 일하던 중 착실하고 성실한 면모가 인정되어 양코 버스 회사의 지배인을 거쳐 제2차 대전 후에는 국방 장관, 46세가 되던 해에는 드디어 대통령에 당선됐다.

'나의 직책은 대통령이지만, 나의 마음은 이 나라의 한 병사'

소박하고 겸손했던 그가 평소 신념으로 품고 있던 말이다. 국가와 민족을 위해 최선을 다하던 그가 대통령 임기를 마치기도 전에 유명을 달리하게 되자 국민들은 슬픔 속에서 그를 떠나보냈고 그의 이름을 딴 상을 제정하기에 이른 것이다.

진정한 지도자는 떠난 자리에조차 그리움의 꽃을 피우는 등 흔적도 남다른가 보다.

이순신 장군

23전 23승의 연전연승의 실적을 자랑하는 역전의 용사, 충무공 이순신 장군. 그가 성공을 거둘 수 있었던 배경은 신뢰를 중심으로 하는 인간경영에 있는 게 아닐까 싶다. 충무공의 부하 사랑이 특별했다는 건 익히 알려진 사실이다. 때로 장수로서 품위가 없다고 모함을 받을 정도로 부하들을 동반자로 대하며 마음을 나눴다는 그다. 식량을 나누어주고 옷을 벗어주는 등 어려운 이에 대한 각별한 사랑도 전장터를 훈훈한 인간미로 감싼 충무공의 부드러운 카리스마를 대변한다.

칠천량해전에서 조선 수군이 괴멸된 후 다시 수군통제사가 될 당시의 이순신은 빈털터리였다. 하지만 피난민이나 패잔병들까지도 그와 함께 하겠다고 몰렸다. 급기야는 피난길에 나선 노인들까지도 그를 돕고자 애썼다. 그동안 그가 쌓아 올린 신뢰의 현장이었다.

그는 "장부로서 세상에 태어나 나라에 쓰이면 죽기로서 최선을 다할 것이며, 쓰이지 않으면 들에서 농사 짓는 것으로 충분하다. 권력에 아부해 한 때의 영화를 누리는 것은 내가 가장 부끄럽게 여기는 바"라며 마지막 순간까지 흐트러짐 없이 국가에 충성하는 모습을 보였다.

그 결과 후대로부터 진정으로 존경받는 지도자로 영원히 살아남게 되었다.

이야기 속 행적만으로도 매료되는 주인공이 있다. 헤르만 헤세 작품 《동방으로 여행》에 등장하는 '레오'의 이야기가 그렇다. 레오는 여행하는 그룹의 '종' 신분이었는데 어느 날 잠시 그가 사라지자 많은 사람들이 당황스러워 하는 등 확실한 존재감으로 좌중을 압도하는 포스를 발휘한다. 그저 잡일이나 하는 종의 신분에도 불구하고 레오는 그 그룹의 정신적 지주 역할을 해낼 만큼 보이지 않는 지도력을 발휘하고 있었던 것이다.

레오의 지도력이 인정받을 수 있게 된 것은 무엇보다 그가 가지고 있는 신실함의 역할이 컸다. 누구든지 그를 신뢰할 수 있고 어떤 일이든지 맡길 수 있게 하는 믿음직스러움 말이다.

레오야말로 어떤 위치에 있든 세상이 필요로 할 때
그 필요에 부응할 수 있는 사람,
맡겨진 일에 최선을 다해 인정받는 사람,
지금 있는 곳에서 준비한 사람만이
지도자의 지위를 얻을 수 있다는 사실을 입증한 사람이다.

지도자의 자질은 어떤 상황에서라도 제값만큼의 대접을 받게 되는 것 같다. 혹자는 21세기를 신뢰 경영의 시대라고 말한다. 그러나 현실은 그다지 여유롭지 못하다. 팽팽한 긴장감이 언제 터질지 모르는 불안감이 되어 옥죄고 있는 분위기다.
무엇보다도 요동치는 민심을 진정시킬 묘책에 집중해야할 때가 아닌가 싶다.

처방이 있다면 스스로를 내던져 솔선수범할 수 있는 지도력이라고나 할까? 지도자의 용기라고나 할까? 어쨌든 핵심을 관통할 수 있는 뭔가가 요구되고 있는 것만은 확실한 것 같다.

이런 때일수록 일방통행식 강요보다 국민 눈높이를 맞출 수 있는 리더십이 필요하다. 국민 개개인의 타고난 본성 그대로를 인정하고 잠재된 가능성에 호소한다면 의외로 쉽게 마음을 얻을 수도 있다.

나그네의 옷을 벗긴 건 힘센 바람의 막무가내가 아니라, 햇볕의 따스함이었다. 한없이 겸허하게 최대한 낮은 자세로 민의가 무엇인지 들으려 귀를 열어야 한다. '사즉생' 하고자 하는 지도자의 용기가 필요한 시점이다.

정치판에서 인생을 본다

인생에서도 살아갈수록 모순투성이고 부족하기만 한 인간의 한계를 절감하게 된다. 함께하지 못하면, 혼자만의 힘으로는 해결할 수 없는 절대 영역이 있음을 받아들이는 과정이 필요하다. 이것은 살아가면서 놓치지 말아야 할 절대적인, 어쩌면 인간을 짐승과 구분 짓는 본질이라는 생각이 든다.

분명한 것은, 분열은 멸망뿐이라는 사실이다. 혼자서는 누구도 플러스의 삶을 창출해낼 수 없다. 어렵다고 회피하거나 모른 척해서 해결될 수 있는 것도 아니기에 현실적으로 보다 나은 삶을 살기 위한 공동체의 노력이 끊임없이 요구되는 게 아닐까 싶다. 그동안 적지 않은 세월을 살아왔음에도 불구하고 이제야 새삼스럽게 인간의 관행 속에 담긴 명분의 본질을 들여다보게 되는 건 아이러니다.

'교만한 마음을 경계하라'는 가르침에 대한 재무장으로 받아들이고 싶다.
나와 더불어 이웃이 되어주는 이들에 대한 감사함을 늘 가슴에 품겠다.

역사는 승자의 기록

승자 위주의 역사 평가는 예나 지금이나 별반 달라진 게 없는 모습이다. 설령 패자의 비참함이나 억울함에 대한 흔적을 남기고자 하는 누군가의 시도가 있었다 해도 그것을 인정하지 않는 한 패자의 역사는 존재할 수 없을 것이다. 결국 우리는 가장 큰 모순을 바꾸지 못하고 고질적 병폐를 끌어안고 있는 치명적 오류를 외면하는 공범이 되는 셈이다.

문제는 반목과 갈등 처리다. 승자와 패자로 엇갈린 운명에서 야기된 문제점을 승자가 되지 못한 추궁만으로 덮으려는 관행이 계속되는 한 답은 없다. 이대로 둘 수는 없는 일이다. 무엇보다 실패한 사람을 억압하고 승자 독식을 허용하는 사회적 분위기부터 손질해야 한다. 승자의 관용과 패자의 겸허한 승복이 중요하다.

실패한 사람에게서 반면교사의 교훈을 찾는 지혜와 패자의 손을 끌어서 역사 기록의 주체로 동참시키는 승자의 도량이야말로 승리를 완성시킬 수 있는 신의 한 수가 아닐까 싶다.

돌직구 세상

정치의 후진성은 정치인 당사자 못지않게 환호하는 관객의 잘못도 크다. 후원과 지지라는 명목으로 상대를 향한 야멸찬 돌직구로 존재감을 과시하라고 요구해서는 안 된다. 대리만족을 위해 정치인을 검투사로 만들고 정치판을 사생결단의 장으로 몰고 가는 관객의 천박한 호기심이 절대적인 화근이다. 정치는 로마의 원형경기장에서처럼 죽고 죽이는 검투사들의 싸움터가 아니다. 누군가 피 흘리며 쓰러질 때까지 비수를 휘둘러 승부를 결정하는 전투장이 아니다.

열광을 위해서라면 오히려 시 낭송이나 합창 같은 문화 프로그램의 기능이 더 효율적이다. 김연아, 류현진 선수 등이 활약하는 스포츠 경기도 있다. 그런 것들이 갈등을 부축이고 상대를 향해 응징의 칼날을 날리게 부추기는 뒤틀린 의식보다 대한민국 정치 발전을 위해 백배 나은 처방이 될 것이다.

상대에 위해를 가하고 숨통을 끊어야 비로소 만족하는 진영 논리 대신, 자신과의 싸움에서 최선을 다해 국민을 감동시킬 수 있는 정치 구도를 짠다면 국민 전체가 명실상부한 대한민국 행복 지킴이로 거듭날 수 있다 자신한다.

不恥下問

**어설픈 잘난 척은
심각한 폐해를 초래한다**

지도자급 인사들이 자신의 약점을 용기 있게 고백할 수 있는 사회적 분위기 조성이 중요하다.
그러기 위해서는 지도자 스스로 자신의 한계를 인정하고 받아들이는 일이 우선해야 한다.
'모르는 것은 모른다'고 말할 수 있게 하고, 교정을 독려하는 사회적 배려야말로 빼놓을 수 없는 덕목이다. 그것이 우리 사회를 올바르게 이끌 수 있는 최적의 답이기 때문이다.

불치하문

결국은 사람이다

'사람을 얻는 자가 천하를 얻는다'

정치는 사람 고르는 일에서 시작된다는 생각을 오래전부터 해왔던 것 같다.
사람이 문제인 건 그때나 지금이나 변한 게 없는 것 같다.

〈초한지〉의 두 주인공, 유방과 항우의 운명을 가른 결정적 요인도 바로 '사람'이
었다. 유방은 '잘난' 항우에 비하면 모든 면에서 뒤처지는 인물이었다.
다만 여자나 쫓는 건달로 살면서도 차곡차곡 대업을 쌓아 올리며 자신의 꿈을
키우는 작업을 멈추지 않았다. 특히 인재를 기용할 줄 아는 출중한 안목의 소유
자였다. 실제 유방이 천하통일 과업을 이룬 배경도 따지고 보면 장량, 소하, 한
신 등의 뛰어난 기량이 기여한 바가 크다.

반면 항우는 역발산기개세의 화려한 위용에도 불구하고 비참한 최후를 맞았다.
스스로에 대한 과신이 인재의 중요성을 간과하게 만들었기 때문이다. 최소한 그
가 범증의 진언에 귀를 기울일 수 있었다면, 품 안에 들어온 당대 최고의 지략
가 한신을 놓치는 우를 범하지 않았다면 역사의 물줄기는 크게 달라지지 않았
을까 싶다.

'정치에서 사람에 대한 정확한 판단력이 요구되는 측면은 도박판 생리와 다르지 않다. 실제 쭉정이 같은 내면을 가리려는 허장성세가 유난히 난무하는 정치판에서 사람을 가려내는 일은 늘 쉽지 않다. 나름대로의 안목을 자부하는 편인데도 그렇다.

실력을 갖춘 사람이 상대의 허를 찌르기 위해 허풍을 떠는 것처럼 꾸미거나 별볼일 없는 사람이 허풍을 떠는 정도는 어지간한 내공이면 해결될 일이다. 나보다 수가 낮은 상대면 더더욱 일도 아니다.

그러나 고수의 허허실실은 다르다. 제스처까지 능수능란하게 가동하는데 버금가는 안목이 아니면 도리가 없다. 특히 정직을 신념처럼 앞세우는 사람의 경우, 결정적인 순간 치명적인 거짓말로 상대를 속일 확률이 크다는 것도 염두에 둘 만하다.
상갓집 개를 자처하는 파락호로 위장한 대원군이나, 백정의 가랑이를 넘나드는 수모를 감수하며 때를 기다렸던 한신이 고수의 반열에 속하는 이들이다. 자신의 본질을 감추기 위해 고도의 전략을 구사하는 이런 캐릭터들은 판단을 교란시킬 수 있다는 점에서 정밀분석 대상이다. 자칫 방심하면 돌이킬 수 없는 결정적 한 방까지도 각오해야 한다.

단독 게임이 불가능한 정치 속성을 비춰볼 때 또다시 '안목'을 화두로 삼을 수밖에 없다. 어떤 파트너를 선택하느냐에 따라 개인의 정치적 위상과 판도가 결정되기에 하는 소리다. 결국 성공과 실패는 각자에게 동등하게 주어진 기회를 어떻게 사용하느냐에 달려 있다.

"자신을 알고 상대를 아는 상태에서 더불어 할 수 있는 일을 찾는다면 하늘이 주신 뜻을 이룰 수 있다. 나를 알고 상대방을 모르는 상태라면 현상 유지 정도는 가능할 것이고, 나도 모르고 상대도 모르는 무모한 시작이라면 갖고 있는 모든 것을 다 털릴 수도 있다."

우선 이 평범한 가르침부터 가슴에 새겨야겠다.

이정표가 품은 뜻

확실히 시간의 순환이 너무 빨라졌다.

세월은 10대엔 기어가듯, 20대엔 걸어가듯, 30대엔 뛰어가듯, 40대엔 수레 타듯, 50대엔 말 타듯, 60대엔 날아가듯 세대별로 체감 속도를 달리 한다더니 나 역시 예외는 아닌 것 같다.

자꾸만 흐르는 세월이 아쉽고 나이테를 외면하고 싶다. 다가올 미래를 두려워하는 나약함의 표식이라는 걸 알지만 초조함을 어쩌지 못하겠다. 인간의 삶을 어느 정도의 비중으로 역사에 담아야 할지 가늠조차 되지 않는 막막함이라니. 지금보다 더 주름이 늘고 머리가 희어지고 허리가 구부러지기까지 얼마나 더 시간이 걸릴까 따져보니 그다지 많은 날이 남은 것도 아니었다.

생각했다.

빠른 세월에 내몰리거나, 지나간 세월을 한탄하거나 얼마 남지 않은 세월을 아쉬워하지 않으려면 무엇을 어떻게 해야 할까. 최소한 모든 게 헛되다 한들, 신의 영역이 아닌 세상에서 만큼은 최소한 고개를 끄덕일 수 있는 삶의 이정표를 세우고 그 길을 가고 싶다. 먼 훗날 세월의 속도를 언급해야 하는 순간일 때 떳떳하게 스스로를 평가할 수 있었으면 좋겠다.

바람이 차지만 견딜 만하고

어둡긴 하지만 점점 밝아오는 희망이 있기에
해낼 수 있을 것 같다.

평상심

살아가면서 나약한 인간의 한계를 절감하게 될 때가 많다. 마음의 평정을 놓치면서 생기는 불안정 때문이다. 불안에 떨지 않고 불평하지 않고 흔들리지 않는 마음으로 인생을 살아내기가 생각보다 간단치 않다.

거기다 말로는 쉽지만 행동으로 옮기기엔 만만치 않은 삶의 덕목들이 갈수록 늘고 있는 것도 문제다. 더욱이 경륜이 더해지면서 덕목의 이행을 압박받는 강도가 커지는 현실도 예외가 아니다.
그러다 조절 기능을 잃고 상처를 입는 건 순식간의 일이다. 감당하지 못해 소멸되는 자연의 섭리는 부지기수다. 그러기에 평상심은 이순을 목전에 두고도 가끔씩 헤매게 만드는 평생 화두다.

물살이 세다는 건 목적지를 앞당길 수 있는 전화위복의 기회다. 다만 그 물살을 이용하지 못해 전진할 기회조차 얻지 못하는 건 저마다의 운명이다. 마찬가지로 평상심을 흔드는 온갖 도발도 나를 단련시키고 점검하게 하는 기회가 된다는 점에서 기피할 일만은 아니다. 주어진 기회의 활용이 더 빠른 목적을 달성할 수 있다는 점에서 오히려 감사할 일이다.

concentration

"이 순간, 우선 당장 전개되는 상황보다는 다음 단계를 위한 선택에 집중하시라.

winner

그렇게 진정한 승리자가 되어 역사의 빛나는 주역이 되시라."

어울림의 미학

달이 빛으로 인간의 마음을 사로잡는 지위에 오른 건 태양의 역할이 있기 때문이다. 그런데 이를 간과할 때 문제가 생긴다. 태양 없이 존재할 수 없는 자신의 한계를 외면하려 드는 것이다. 스스로 달빛을 만들어내고도 기꺼이 자신의 흔적을 지우는 태양의 통 큰 지원이 더 이상 달갑지 않은 것이다.

왜곡과 자화자찬으로 스스로를 미화하는 민망함은 그래도 양반이다. 심지어 자신의 치적을 위해 태양의 존재 자체를 통째로 편집해버리는 몰염치도 불사하는 형국이다.

태양에게는 모든 것을 아우르는 갖가지 능력이 있음에도 불구하고 완벽을 기할 수 없는 원천적 장애가 있다. 눈부심 때문에 누구와도 시선을 나눌 수 없는 치명적 결함이 그것이다.

반면 달은 시선을 통한 교감이 가능하다. 수많은 시인의 가슴을 울려 사랑의 시를 쏟아내게 하는 에너지가 있다.

최소한 구름이 달을 덮는 불상사만 아니면 우주의 조화로운 합체가 또 다른 상상력과 즐거움의 영역을 열어줄 거라는 기대감이 충만해진다.

정치 영역에서도 그런 어울림을 기대하는 건 무리일까?

수혜에 감사하고 최적의 결과물로 보답할 수 있도록 혼신을 다하는 한편, 다가올 미래를 유연하게 독립적으로 대비하는 게 최선이라고 생각했다. 크든 작든 저마다의 대체기능이 정상적으로 가동될 때 비로소 멘토의 역할도 멘티의 역할도 우주의 조화로운 규합도 가능하게 되리라.

齊月光風

높게 걸린 하얀 달
채선강에 비치니
태백이 걸친 달
당신 눈에도 걸렸네

시리도록 하얀 별
은빛 물결에 흩뿌려져
시인이 훔친 달
당신 마음도 훔쳤네

지생달 꾸물꾸물
삼도천에 우물쭈물
호수에 을렁일렁
바람에 설렁덜렁

아르고 별 휘적휘적
레테강 훌쩍훌쩍
호수에 한적두적
바람에 살짝슬쩍

물 위에 써버리고
바람에 속삭였던,

잊지 마소서
잊지 마소서

관계에 대하여

일찍이 東洋의 맹자는 '성공하려면 하늘의 때를 얻는 것보다도, 땅의 이치를 얻는 것보다도, 인화를 얻는 것이 가장 중요하다'며 인간관계의 중요성을 강조했다. 西洋의 생텍쥐페리도 '세상에서 가장 어려운 일은 사람이 사람의 마음을 얻는 일'이라고 자신의 저서 『어린왕자』를 통해 토로한 바 있다.

그들 말고도 동서고금을 넘나들며 인간관계의 가치를 설파한 혜안들이 많았다. 인간의 삶에 미치는 영향력에 관한 한 인간관계가 차지하는 위상에 대해 어느 정도 의견 일치를 이룬 셈이다.

'각자의 얼굴만큼 다양한 각양각색의 마음에서 순간순간에도 수만 가지의 생각이 떠오르는데, 그 바람 같은 마음을 머물게 한다는 건 정말로 어려운 일'이라는 어린왕자의 탄식에 백번 공감하게 된다.

그러면서도 인간을 향한 희망은 여전히 간절하니 무슨 조화인가 싶다. 그 순기능에 기대고 싶은 본연의 욕구가 깊은 탓이 아닐까 싶다. 관계라는 것이 누군가의 마음 얻는 일에서부터 시작되는데, 사람과 사람이 만나는 것만으로는 그 어떤 조짐도 장담할 수 없는 현실에 비춰보면 대단한 애착이 아닐 수 없다.

분명한 것은 더불어 사는 삶을 통해 얻을 수 있는 것들이 많다는 사실이다.

인연의 고리를 다듬고 가꾸는 진심의 가치를 높이는 일. 그것이 한 다리만 건너뛰면 모든 인연의 연결이 가능해진 세상을 사는 올바른 대응이 아닐까 싶다.

소통이 가능할 때 비로소 인간관계의 순기능이 열리게 되는 건 만고의 진리다. 특히 우리처럼 사람과의 결합을 직업으로 하는 정치인에게는 더없는 가르침이다.

실제 인간관계를 주무대로 삼는 정치 항로 속에서 기술이나 능력보다는 진정성이 더 큰 위력을 발휘하는 현실을 보게 될 때가 많다.

조금 과장한다면, 깊은 신뢰를 매개로 한 인간관계가 온전한 소통으로 일치되는 순간은 감동의 도가니다. 상대의 모든 것이 고스란히 받아들여지는 합일의 순간, 금방이라도 세상의 모든 갈등을 녹여낼 수 있을 것 같은 충만한 마음이 된다.

지도자라면

지도자의 덕목에 있어 개인적인 신념이나 철학 못지않게 흔히 말하는 '저잣거리 의리'도 중요하다고 생각한다. 지도자의 헌신은 너무도 당연한 명제지만 가치 창출 방식 역시 이에 못지않음을 감안해야 한다는 말이다.

지도자라면 '반드시 함께하는 이들과의 협치를 뜨겁게 고민해야 한다'는 주장에 나름의 주석을 달게 되는 이유다.

따라서 우정의 가치를 살피는 관리능력이 공적 영역에 웅대한 이상을 확충하는 작업 못지않게 중요하다.

일본 전국시대 당시 세 영웅의 특성을 비교한 '울지 않는 새' 이야기에서도 비슷한 상황을 본다. '울지 않는 새'를 울게 만들어야 할 때 다혈질의 오다 노부나가는 울지 않는 새는 필요 없다며 즉석에서 죽일 것이고, 도요토미 히데요시의 경우 어떻게든 새가 울게끔 모든 수단과 방법을 다 동원해 뜻을 이룰 것이며, 느긋한 도쿠가와 이에야스만이 새가 스스로 목젖을 울리기를 기다렸을 거라고 유추한 내용이다.

'나라면 어떤 선택을 했을까?' 생각해보니
당연히 도쿠가와 이에야스 쪽이었을 것 같다.
인내하며 기다릴 줄 아는 그의 모습이,
갈등의 실타래를 풀고 상대에게 새로운 기회와 명분을 제공하는
덧셈의 정치를 지향하고픈 나의 정치철학과 상당 부분 일맥상통한다는 생각이다.
지나친 이상주의적 발상이라는 지적이 있어도
궤를 달리하고 싶지 않다.

이현령비현령 유감

정치현장에서 무소신보다 더 큰 해악이 양비론이라는 걸 모르지 않을 터인데, 이현령비현령의 기회주의적 행태도 불사하는 모습이다.

그러나 어쩌랴, 우리네 인생은 그나마 둘 중에 조금이라도 덜 나쁘거나 더 좋은 결과를 가져올 수 있는 선택을 끊임없이 요구하고 있는 걸.

정책 시행에 있어 '다리를 놓는 것도 좋고 안 놓는 것도 좋다. 또 다리를 안 놓는 것도 나쁘고 놓는 것도 나쁘다'라고 주장한다면 시인이나 철학자로는 몰라도 현실 정치인으로는 부적절한 처신이다. 무능하고 무책임하다는 질타를 받아도 싸다.

정치인이 갖춰야 할
3대 기본 자질

열정
균형적 감각
책임감

responsibility

passion

balance

정치인의 책무의식이 가치 영역에
미치는 영향력은 실로 크다

포퓰리즘의 끝은 어디인가

책임 있는 자리에 있을수록 철저한 자기관리가 요구되는 건 자명한 이치다. 곧바로 뉴스가 되는 영향력을 생각한다면 발언에 무게를 두고 단어 선택 하나까지도 신중에 신중을 더해도 부족하지 않다. 그럼에도 불구하고 책임지지 못할 미사여구로 국민의 눈과 귀를 사로잡으려는 정치적 시도가 남발되고 있어 유감이다. 백가쟁명식 발언으로 사익에 연연해하는 풍경이 어제 오늘의 일이 아니지만 요즘 들어 부쩍 심해진 느낌이다. 특히 정치적 이익을 위해 민심이반과 국론 분열로 정치적 이익을 취하려는 정치인들이 많아졌다.

국민들에게 북핵 관련 상황을 전하는 과정도 다르지 않다. 북한과의 상황을 똑같이 전하면서도 불안을 조장하는 정치인이 있고, 안정감을 주는 정치인이 있다. 한쪽은 근거 없는 주장으로 불안감에 떨게 하고, 다른 쪽은 현실을 직시해서 대처방법을 모색하자고 주문한다. 그런데 현실은 어떤가. 패배주의적 사고가 지배하는 정치적 발언에 더 많은 관심이 쏠리기 마련이다.
어쩌면 많은 사람들이 그 폐단을 알면서도 충동적으로 인기영합주의를 선택하게 되는 이유일 수도 있겠다.
그럼에도 대한민국의 건재를 믿는다. 포퓰리즘에 천착하는 정치인들이야 그렇다 쳐도 그 의도를 꿰뚫는 국민적 혜안만 있으면 문제없다. 결국 국가의 명운이 국민 저마다에 달려 있음이다.

야간 산책

오래전부터 재미를 붙여온 야간 산책은 나의 주요 일과 중 하나가 됐다. 밤길을 걸으며 하루를 정리하는 것은 물론, 블로그 단상을 모으거나 새로운 내일을 준비하는 등의 동력을 얻는 보고가 됐다.

오늘 밤, 집 앞 철로를 걷다가 문득 하늘을 올려다보니 달의 자태가 한눈에 들어왔다. 며칠 전 서녘 하늘을 가득 채우던 '수퍼문(super moon)'의 위풍은 간데없이 무너지고 있는 모습이었다. 1년 중 제일 크게 둥글다는 대박 달, 슈퍼문도 별 수 없이 기울어지고 있었던 것이다. 그 모습이 놀랍고 쓸쓸했다.

'슈퍼문이라고 예외는 아니구나!'

거기까지 생각이 미치자 이런저런 상념이 머릿속을 헤집기 시작했다.

마음도 조급해졌다.

나는 지금 어떤가?

이제 막 인생의 정점을 찍고 전환점을 돌고 있는 상태인가?

전성기를 지나 내리막길을 향하고 있는 중인가?

아니면 아직도 눈앞에 있는 고지를 향해 달려가고 있는가?

막상 의문들을 쏟아내고 보니

이제 그렇게 사사로운 것들은 중요하지 않다는 깨달음이 왔다.

내 삶의 지표가 지금 어느 지점에 놓여 있는지가 중요한 게 아니고, 결코 거역할 수 없는 큰 틀의 주기를 잊고 지내는 어리석음에 대한 각성이 더 유의미하다는 걸 알았다.

21세기 소크라테스의 독배를 경계한다

"선원들은 키 잡는 법을 배운 적도 없고 알지도 못하면서 저마다 키를 잡겠다고 온갖 횡포를 부려 귀먹고 눈 어두운 선주를 꼼짝 못하게 해놓고 배를 좌지우지한다.
어떻게 해서든 선주를 설득해 배의 지휘권을 얻어낸 자는 조타술에 능하다 칭찬받는다. 정작 참된 키잡이가 어떤 자격을 갖춰야 하는지는 안중에도 없다.
그래서 조타술에 능한 자는 쓸모없는 자 취급을 당하게 된다"
스승 소크라테스를 독배로 보내면서 일찍이 중우정치의 폐단을 꿰뚫었던 플라톤의 저서 '국가'의 일부 대목이다.

선동이 힘을 얻을 때 대의 민주정치가 설자리를 잃은 과거 사례가 적지 않다. 고대 그리스 아테네가 광장 민주주의 방편으로 시행했던 도편추방제가 그랬다.
반국가적 위험인물로 6000명 이상이 도자기 조각 등에 이름을 기록해 투표하면 10년간 국외로 추방하는 제도였는데 시행착오 끝에 폐지됐다.
당초 취지와는 달리 대중을 선동해 정치적 경쟁자를 제거하는 용도로 악용되는 상황을 제거한 것이다.

당대의 영웅 아리스티데스도 도편투표제로 폐해로 희생된 기록이 있다.
어느 날 한 문맹자가 그를 몰라보고 "글을 모르니 도자기 조각에 아리스티데스의 이름을 대신 적어달라"고 부탁했다.
이유를 물으니 "아리스티데스를 전혀 모르지만 곳곳에서 정의롭다고 떠드는 사람이어서 추방시키고 싶다"는 답변이 돌아왔다.
아리스티데스는 평소의 강직한 품성대로 자신의 이름을 적어줬고 이후 그는 추방됐다. 정치적 선동에 따른 우매한 선택이었지만 이를 피하지 않고 법에 순응한 것이다.

예수의 마지막에도 극단적인 대중 선동의 흔적이 남아있다. 예수를 십자가에 못

박기 전, 빌라도는 무리의 의견을 구했다. 종교지도자인 예수와 살인자인 바라바 가운데 누구를 사면할지 선택하라는 주문이었다.

그들이 택한 건 바라바였다. 그리고 거듭해서 예수를 십자가에 못 박기를 청했다. 예수를 시기한 대제사장들의 간교한 선동에 넘어간 결과였다. 결국 빌라도는 무리의 의중에 따라 바라바를 풀어주고 예수를 십자가에 못 박았다.

놀라운 것은 2500년 전 고대 그리스에서 폐기된 선동정치가 2018년 대한민국에서 활개를 치고 있다는 점이다.

대선개입 혐의를 받고 있는 드루킹 사건은 물론이고 청와대 청원이나 문자폭탄 등 다수의 물리력으로 정치현실을 지배하려는 초법적 발상들이 여론을 주도하는 형국이다.

화무십일홍

동서고금을 막론하고 대부분의 정치인들이 평생을 새겨온 뜻으로 '고지'에 오르고서도 비운의 역사로 마감한 경우가 많은데, 이는 결정적인 순간에 바른 처신을 못한 이유가 크다.

우리 정치라고 다르지 않다.
올 때와는 달리 떠나는 이에게 관심을 보이지 않는다.
이제는 떠나는 권력에게도 기꺼운 마음을 담아 박수 칠 수 있는 정치적 관행을 정착시킬 때다. 최상의 격려로 전임자의 기를 살리고 새로운 권력에게는 제대로 일할 수 있게 여건을 조성해주는 성숙한 국민의식이 필요하다.

갈수록 각박해져 가는 세상 인심 속에서
정치가 위안을 주는 세상을 만들고 싶다.
여러분과 함께 말이다.

위대한 미래, 공짜는 없다

과거는 미래의 거울이다. 결국 지나간 과거 행적을 통해 미래를 찾을 수 있다. 미래를 결정하는 가장 확실한 인자는 현재에 쏟는 투자량이다. 오늘을 충실히 채우기 위해 얼마만큼 에너지를 쏟느냐에 달려 있다.

학창 시절 동창들의 경우를 봐도 그렇다. 고만고만한 성장 과정을 통해 자랐지만 저마다의 현실은 천차만별이다. 돌이켜보면 지금 우리들의 현실은 30~40년 전 한 교실에서 옹기종기 모여 있던 그 시절 저마다의 오늘이 결정됐다는 생각이다.

매 순간마다 지금 자신의 행동이 어떤 결과를 가져오게 될 것인가에 대한 성찰이 중요하다. 언제 어디서든 지금 이 순간의 행동이 자기 인생에 얼마나 중요한 역할을 하고 있는지를 매번 의식할 일이다.

만반의 준비를 갖춘 수험생은 시험을 두려워하지 않는다.
전쟁 준비를 마친 군대는 전쟁을 두려워하지 않는다.

위대한 미래는 그냥 주어지지 않는다.
그동안 피땀 흘리며 대한민국을 개발도상국가에서 OECD 경제부국으로 만들어냈
듯, 그 저력을 밑천 삼아 다시 한번 우리의 미래를 신나고 멋진 현실로 빚어내자.
세계를 리드하는 대한민국을 리더십을 창출해내자.

결국은 우리에게 달린 일이다. 일등 국가의 과제.
우리라면 해낼 수 있다.

그러나 경계해야 할 요소가 없는 게 아니다.

현대를 사는 사람들이 보이는 지독한 이기주의와 철저한 현실주의 성향이 문제다. 그저 미래에 대한 꿈 따위는 아랑곳없이 현실과 자신에만 집착하는 어리석은 우리들의 자화상을 돌아볼 일이다. 현실을 원망하고 저주하는 악순환의 굴레에 끼어 허덕이다가 대책 없이 무너지는 좌절의 현장이 거기 있을 것이다. 그렇게 현재에 매몰되어 있다가 미래가 현실이 되는 시점이 되면 자신의 오류를 보려는 겸허함보다 남 탓하기 바쁜 염치없는 교만함은 또 어쩌자는 건지...

투명하고 깨끗한 운영으로 신뢰와 찬사를 받는 정치, 학생들과 교사가 즐겁고 행복한 교육현장, 정당한 근로대가로 일할 맛이 넘치게 하는 산업현장을 만드는 것이 대단한 과제인 건 아니다.

지극히 평범한 욕구가 이루어질 수 있는 사회를 필요로 하는 공통 관심사를 해결하면 될 일이다. 그런 사회를 만들고 싶어 하는 저마다의 관심이 함께할 수 있으면 되는 것이다. 에너지를 우리가 원하는 방향으로 정조준해서 마음을 모으면 되는 간단한 작업이다.

백지장도 맞들면 낫다

누군가에게 자기 가치를 인정받는 기쁨만큼 큰 행복이 있을까 싶다.
'인정'은 용량을 헤아릴 수 없는 무한대의 에너지로 누구든 단숨에 에너자이저
로 만들 수 있는 묘약이 된다.
역사는 영웅의 독과점 결과물이 아니다. 아무리 잘난 인물도 혼자만의 힘으로
뜻을 이루어낸 사례가 없다. 시대적 상황과 민중의 요구, 또 조력자와 추종자들
의 결집된 힘이 있을 때 비로소 영웅이 만들어지고 역사도 완성될 수 있었다.

더 이상 주변의 조력자들을 간과하는 어리석음은 없어야겠다.
그들을 알아보는 안목이야말로 뜻을 펴기 위해 세상에 나서려는 지금의 내게
가장 우선적으로 필요한 각성이었던 것을 이제 알겠다.
백지장도 맞들면 낫다는데 하물며 내 꿈을 위해 함께해 줄 사람들이다. 조력자
들과 함께 내 오랜 꿈을 이뤄보리라 다시 한번 결기를 다지는 밤이다.

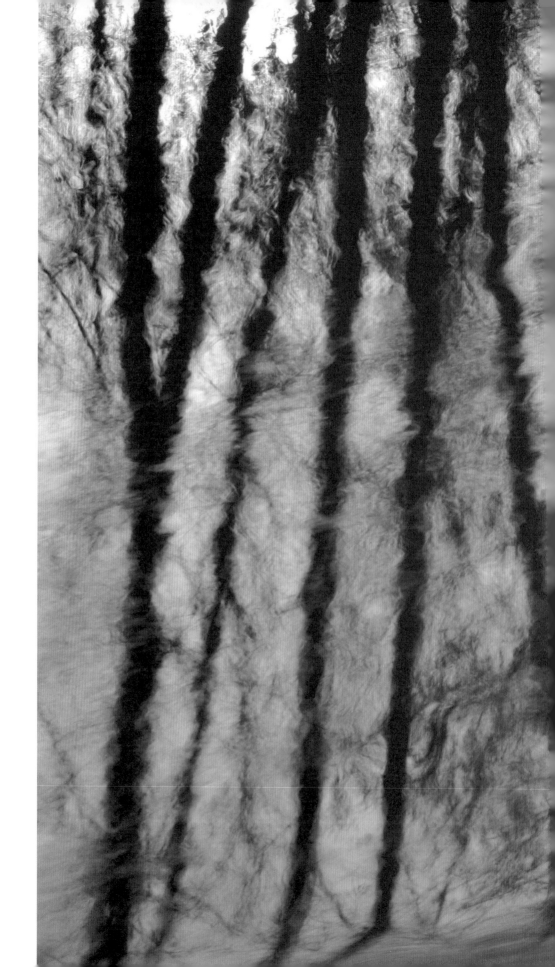

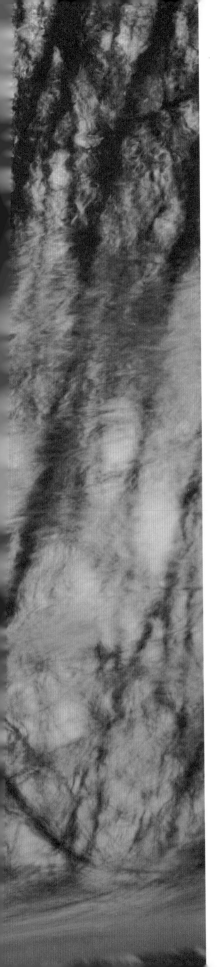

시작

세월은 가고
시간은 줄고
미련은 늘고
벗들은 줄고

주름은 늘고
기억은 줄고
체중은 불고
민첩은 줄고

간 세월은 없고
온 기억은 있고
한 걱정은 가고
한 사랑은 있고

먼 기쁨은 갔고
건 믿음은 있고
헌 사람은 갔고
새 사람은 있고

더 나은 선거를 위한 제언

선거법 위반이 매년 재선거의 공급원이 되면서 종국엔 '재보궐 무용론'이 대두되는 지경에까지 이르렀다. 정확한 통계치는 아니지만 선거 이후 6개월간은 거의 모든 선거구가 선거법 위반 시비로 북새통을 이룬다. 100만 원 이상 벌금형이면 당선 무효가 되고 새로운 인물 선택을 위한 재선거가 불가피한 상황이 반복된다.

그럴 바에야 선거법 위반 사안을 재선거와 별개로 처리하는 게 더 합리적이라는 생각이 든다. 이를테면 선거법 위반건은 재선거 발생 사유에서 아예 제외하거나 다른 법과의 형평성을 고려하는 것이다. 최소한 누군가의 선거법 위반이 상대의 재선거 출마 기회로 연계되지 않는다면 후보자 간 고발 사례도 지금처럼 사생결단으로 치닫는 국면은 피할 수 있게 되지 않을까 싶다.
미국의 경우, 당선 무효로 인한 공석 처리를 주지사와 상의하거나 의회의 지명을 통해 선출하기도 한다. 비례 선출직이 승계하도록 하는 것도 한 방안이 될 듯하다.

현행 선거법은 후보자나 국민을 위한 것이라기보다 선거법 자체를 위한 것이라는 생각이다. 일반적으로 효율적인 소통의 기회로 활용할 수 있는 식사나 음주의 원천봉쇄 역시 그렇다. 인지도가 낮은 정치 신인에게는 가혹하리만큼 불합리한 내용이 아닐 수 없다. 정치일선에서 오래 활동한 경우는 측근들도 선거법에 대한 숙지가 잘되 있어서 지혜로운 대처가 가능할 테지만, 그렇지 못한 신인들은 난감한 상황에 직면하게 될 확률이 크다. 적절한 선에서 식사 정도는 가능하도록 규정을 바꾸는 게 합리적이지 않을까 싶다. 특히 선거 기간 중 후보자가 수행비서와도 같이 밥을 먹을 수 없도록 규제한 내용은 지나치게 비현실적이다.

또 다른 측면으로도 선거법에 대해 하고 싶은 말이 있다. '돈은 묶고 입은 풀자'는 취지에 기본적으로 동의한다. 그러나 창조 경제를 얘기하는 지금, 모든 이들에게 천편일률적인 선거운동을 강요하는 현행 선거법은 낙제점을 면하기 어렵다는 생각이다.

유학 시절 미국 선거를 지켜볼 기회가 많았는데 우리의 것과 많이 달랐다. 무엇보다 각 후보마다 톡톡 튀는 나름의 노하우로 자신을 부각시키는 모습이 흥미로웠다. 저마다 국민 중심의 선거 운동을 통해 국민 참여를 이끌어내는데 일익을 담당하고 있었다.

반면 유세차, 홍보문구, 벽보, 선거운동 방식까지 거의 엇비슷한 우리의 선거 풍경은 지루하기 짝이 없어 대비된다. 정당기호만 빼고는 후보 간 차별화가 거의 안 되는 현실이고 보니 주민 무관심은 물론이고 구박을 받아도 싸다는 생각이다. 그럼에도 불구하고 일정 수준의 선거문화는 정착되고 있는 시점이다.

개인적으로 자신의 유세 현장을 카타르시스의 장으로 일궈내는 트럼프 미국 대통령의 선거전략에 경의를 표한다. 물량공세의 결과물이겠지만 얻어낸 것이긴 하지만(미국이기에 망정이지 우리나라 같았으면 진즉에 선거사범으로 구속되고도 남았을 것이다) 선거를 국민 축제로 만들면서 개인 지지율을 올리는 기법은 탁월하다.

무엇이 됐든 개인의 강점을 활용한 서바이벌이 가능한 미국선거의 역동성이 부럽다는 말이다. 많은 문제점에도 불구하고 미국 사회가 창의적인 아이디어에 대한 기본적인 배려가 작동하는 시스템이기에 가능한 일이겠지만 역할과 무관하지 않다는 생각이다.

찌라시

초등학교 때 전학이 잦았던 환경 탓이었을까?

돌아보면 통과의례처럼 음해에 시달린 기억이 많다. 어쩌면 낯선 전입생을 맞는 그들만의 방식이었는지도 모르겠다.

멀쩡한 어머니를 '가짜엄마'라고 소문내는 가하면(담임선생님께 아들을 엄하게 훈육해달라고 부탁하는 어머니 말씀을 들은 반장이 주범) 입에서 회충이 나왔다는 놀림을 받기도 했다.

그 때마다 고민도 많았는데 한동안은 주먹질을 방책으로 삼기도 했다.

정치인으로 살고 있는 지금도 찌라시에 시달리고 있는데 '미국유학 가면서 가사도우미와 운전기사를 대동했다'는 음해성 내용이 첫 대면작(?)이다.

그 때는 얼토당토않은 소설이라고 펄펄 뛰었는데 갈수록 음험하고 야비한 형태로 진화하는 찌라시를 겪다보니 이제는 거의 달인의 경지 수준이 됐다.

그렇더라도 찌라시의 폐해는 더 이상 방심할 수 없는 지경에 이르렀다는 생각이다. 그럴 듯 소문을 엮어내, 호기심을 자극하는 솜씨가 상당하다. 대부분 당사자가 기억조차 못하고 서로 무관한 정황의 편린들을 왜곡 조작, '책 한권'을 만들어내는 식이다.

실제 적당히 즐기고 넘길 가십거리 수준의 해프닝이, 멀쩡한 사람을 지탄의 대상으로 만들고 우량 기업을 하루아침에 재기불능 상태로 몰아넣는 경우가 허다하다.

무엇보다 공포스러운 건 이런 불합리한 횡포들이 아무런 죄의식 없이 받아들여지고 있는 현실이다. 최근 日산께이 신문 사태에서도 보듯 찌라시의 촉수는 더 이상 성역도 분별도 안중에 없이 금도를 넘은 지 오래다.

Wag the dog

꼬리가 몸통을 흔들면 어떻게 될까?

'wag the dog'은 언론과 정치권력이 손을 잡으면 진실을 얼마만큼 왜곡하고 감추는지를 적나라하게 보여주는 영화다. 세상을 속이려 조작된 영화 속 미디어의 공포는 우리에게 더 이상 화면 속 미국 이야기에 그치지 않게 됐다. 우리 역시 미디어의 발달로 짧은 시간에 정치인의 이미지 조작이 가능해진 세상을 살게 됐기 때문이다.

실제 미디어가 본래의 기능 대신 정치권력에 유착하거나 여론조사, 미디어 등의 일방적 주장들이 선거 민주주의를 심각하게 위협하는 상황이 눈 앞의 현실이 됐다. 선거에서 공정한 승부를 불합리하게 방해하는 '괴벨스의 화신들'이 많아진 것이다.

유권자의 사고체계를 교묘히 조종해서 선거 결과를 뒤집는 기능을 권력의 지렛대로 삼으려는 검은 커넥션의 존재가 그들이다.
공정성이 담보되지 않은 수치로 선거판세 호도는 물론 과도한 후보 미화나 미확인 흑색선전으로 유권자의 검증기능을 교란시키는 역작용의 폐해가 만만치 않다. 덕분에 신념이나 투지 등 정치적 기를 불어넣는 용어는 낡은 화첩 속 박제가 된 지 오래다.

이대로 방치할 수 없다는 데 모두가 공감하는 바이지만 처리가 쉽지 않다는 게 고민이다. 처벌규정을 강화해 형량을 늘리는 것도 한 방법이겠지만 더 교묘한 수법이 등장할 게 뻔하다.

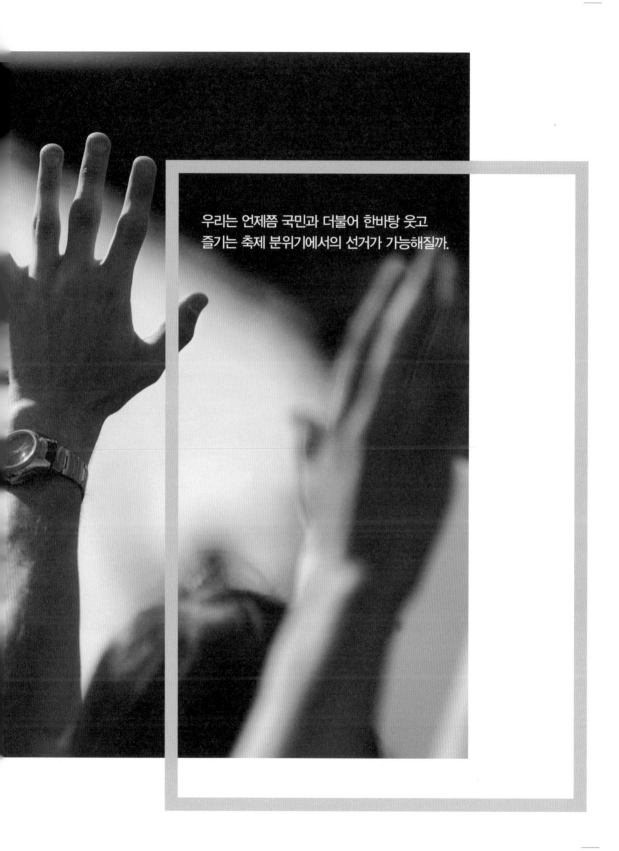

우리는 언제쯤 국민과 더불어 한바탕 웃고
즐기는 축제 분위기에서의 선거가 가능해질까.

소통

30년이면 어지간한 길에서 경지에 오를 수 있는 시간이다. 인간관계에서도 서로에 대한 의미 있는 자리 매김이 가능한 연륜이라 하겠다. 하지만 조변석개(朝變夕改) 이합집산(離合集散)이 일상인 정치판 인심 앞에서는 얘기가 달라진다. 정치적 노선에 따라 인간관계까지 뒤틀리기 일쑤인 이 바닥 생리 때문이다. 정치 특유의 속성이라고는 하지만 어제의 동지가 오늘은 적이 되고 내일 다시 동지가 되어 돌아오는, 그 이상한 순환구조는 매번 생소하고 어렵기만 하다. 정치인 간의 관계만 잘 풀려도 현실 정치의 어려움 절반 정도는 저절로 해결될 거라는 생각이다.

결국은 소통에서 비롯된 문제가 아닐까 싶다. 나만 해도 그동안 일방적인 판단으로 인간관계를 어렵게 한 사례가 적지 않다. 서로를 잘 안다고 생각했지만 상대는 아닌 경우가 많았다. 가깝다고 느낀 만큼 진지한 대화가 뒷받침되어야 하는데 별다른 노력 없이 일방적으로 친밀감만 키운 탓이었다. 관계의 숙성을 위해 많은 시간이 필요하고, 이로 인해 지역구 행사나 유권자와의 만남 일부를 포기해야 할 일도 생길 것이다. 그러나 그것이 정치 일정의 중요한 부분을 앞두고 있는 나에게 더 소중한 일이라면 결단이 불가피하지 않을까 싶다.

정치권 소통을 생각한다.
최소한 당내에서라도 서로가 흉금을 털어놓는 대화가 가능하도록 캠페인이라도 벌여야 하지 않을까 싶다. 당내의 소모적 논쟁만 막을 수 있어도 국가 전체에 미치는 영향이 적지 않을 것이다. 자기의 솔직한 속내가 이익이나 사상이 다른 상대에게 드러나 손해를 본다고 할지라도 서로 몰라서 야기될 수 있는 손해보다는 훨씬 손해가 적을 거라고 확신한다.

모나미 볼펜

단언컨대 우리들 중 누구도 '모나미 볼펜'을 모르는 이는 없을 것이다. 뿐만 아니라 대한민국 최고의 필기구라는데 이견이 없을 것이다. 오랜 익숙함 때문인지 모나미 볼펜만 한 게 없다는 생각이다. 요즘도 가끔 모나미 볼펜을 찾게 되는 이유다.

모나미 볼펜, 하면 맨 처음 떠오르는 건 단어장이다. 빽빽하게 칸을 메워가며 영어 단어를 암기하던 기억이 아련하다. 또 밤샘 공부 뒤 동트는 신새벽, 코끝을 감돌던 특유의 잉크 향은 잊히지 않는 추억의 냄새다.
'볼펜 돌리기'도 모나미 볼펜과 함께한 추억의 한 조각이다. 수업시간, 손가락에 볼펜을 끼우고 돌리다가 선생님께 야단맞기도 했는데, 요즘엔 '펜 돌리기 대회'나 '펜 돌리기 전용 볼펜'까지 있다고 하니 격세지감이다.

그런 모나미 볼펜이 50주년을 기념, 한정판 모델로 출시됐는데 10,000개가 하루 만에 매진됐다는 소식이다. 급기야 판매처 서버가 마비되는 북새통을 치르고도 미처 구하지 못한 유저들이 발을 구르며 아쉬워하는 진풍경이 이어지고 있다.
나 역시도 그 한정판을 내 필기구 수집목록에 올려놓고 싶은 마음이 굴뚝같았다. 필기구 수집에 열을 올리게 되면서 소위 명품 반열에 오른, 어지간한 필기구는 거의 다 소장하고 있는데도 그랬다.

볼펜 한 자루 반향 치고는 엄청나다. 유일하게 세대 간 차이 없이 동일한 추억을 공유시킨 매개로서의 특수성도 한몫한 것 같다. 거기에 최초의 우리 기술로 만들었다는 자부심까지, 모나미 볼펜이 35억 개 이상 판매고를 올리며 국민볼펜으로 사랑받을 수 있었던 비결이 아닐까 싶다.

모나미뿐 아니라 과거 어렵고 힘든 시기에 우리를 지켜준 '박카스', '삼양라면' 등 세대를 넘나들며 눈길을 사로잡았던 상품들은 나름의 이유가 분명 있을 것이다. 모나미 한정판처럼 그 시절 그 모습 그대로를 전하기보다 과거를 연장하면서도 환골탈태로 주가를 올리는 모색도 한 방편일 듯싶다.

실제 갈수록 도시락 등 아쉬웠던 시절의 추억을 응용한 가게들이 늘고 있고 또 인기를 끄는 추세이기도 하다. 학창 시절 교복 등 복고풍 패션이나 7080타이틀로 지나간 시절에 대한 향수를 자극하는 TV 프로그램도 그런 정서를 반영한 전략의 일환이 아닐까 싶다. 분명한 건, 과거를 동떨어진 존재로만 치부하기보다 희망의 씨앗을 틔우는 자원으로 활용할 때 더 큰 의미가 부여된다는 사실이다.

모나미의 흥행을 지켜보다가 선거 필승전략에 응용할 방법을 궁리하는 내 모습을 본다. 참으로 못 말릴 DNA. 사람들의 아득한 추억 속에서 좋은 기억들을 끌어내는 아이디어로 성공한 모나미처럼 유권자들께 확실히 어필할 수 있는 득점 포인트를 찾아낼 수 있다면 선거 승리는 따 놓은 당상일 텐데...

이른 시간 조찬모임을 시작으로 국회, 행사장, 방송국 등을 오가며
사이사이 면담 일정에 쫓기다 보면 어느새 날짜 경계를 넘기고 있다.
그러면서도 사적 영역을 위해 할애할 여유는 없는 삶.
대부분 대동소이하게 반복되고 있는 정치인의 현실일 것이다.
나름 치열하게 살고 있는 삶의 증표라 자위하지만 생각이 깊어질 때가 있다.
거기에 진정한 '나'는 얼마나 담겨 있나 하는 의식 때문이다.

정치인의 이름을 걸고 살아온 지 어언 30년.
어릴 적 '장래희망' 선택까지 동원하자면 반백 년 넘은 이력이다.
숙명이라 여겼기에 묵묵히 그 길을 걸어왔다.
아프고 써도 흔들림 없이 오늘에 이르렀다.
그럼에도 오늘은 덜컥 발목을 잡힌 기분이다.
아쉽고 허무한 감정들과 한 덩이로 어울려 삶의 뒤안길을 돌아다보게 된다.

돌아보니 그동안 참 바쁘게 달려왔다.
실제 언제 한번 맘먹고 온전하게 나 자신을 설명한 기억이 없다.
그때그때 겨를 없이 '처신'에 급급해야 했던 환경도 무관하지 않은 것 같다.
그런데도 나를 잘 알고 있다는 이들이 넘치는 건 아이러니다.
'선무당이 사람 잡는다'는 말이 틀리지 않음을 입증하는 사람들이다.
누군가는 '노란색'으로, 또 다른 누군가는 '빨간색'으로 홍문종을 '창조'한다.
그중에는 내 스스로 만들어 낸 결과물도 있을 것이다.

분명한 건 모두가 낯선 모습, 내가 아니라는 것.
그럼에도 불구하고 나는 아직 뜨겁다.
"홍문종, 이런 생각을 하면서 이렇게 살고 있어요."
이렇게 목소리 높여 외칠 수 있고 얄팍한 잇속에 흔들리지 않을 수 있다.
이 순간, 내 삶의 목표와 신념, 비전을 에너지 삼아 가던 길을 가겠다.
다짐도 하고 있다.
노란색도 아니고 빨간색도 아닌,
'홍문종'의 온전한 민낯으로 승부를 걸겠다.

씩씩하고 명료하게 깨어 있겠다.

날벼락

Ⅰ 거들지 않은 죄

승승장구하던 남이를 모함해 역사의 뒤안길로 사라지게 한 건 유자광이었다. 그러나 남이의 억울함은 유자광이 아닌 엉뚱한 대상을 향해 표출되었다. 팔순의 영의정 강순을 함께 역모를 도모했다고 거짓으로 고변, 저승길 동반자로 엮어버린 것이다.

왜 그랬을까?

형장에서 그 이유를 묻는 강순에게 돌아온 남이의 답변은 이랬다.

"원통한 건 너와 내가 같다. 영의정으로서 나의 원통함을 잘 알면서 한마디도 변명해주지 않았으니 죽어 마땅하다."

처음엔 '대체 무슨 억하심정일까? 왜 하필 내게……' 원망이 컸던 게 사실이다. 그러나 지난 시간을 되짚다 보니 고인의 입장을 헤아릴 수 있을 것도 같다. 두 번에 걸쳐 도움을 요청했는데 두 번 다 명쾌한 답을 주지 못했다. 사무총장 시절, 선거법 재판을 도와달라고 찾아왔지만 달리 도울 방도가 없었다. "집권여당 사무총장인데, 청와대와 조율만 하면 간단히 처리할 수 있는데 왜 안 도와주시는 겁니까?"

달라진 정치 환경을 이해하지 못하고 섭섭해하는 눈치가 역력했지만 노력한다고 될 일이 아니었기에 답을 주지 못했다. 또 한 번, 지방선거 공천 작업이 한창일 당시에도 그의 방문을 받았다. 선진당 몫을 요구하면서 자신의 지역구 내 특정 후보에 대한 관심을 표명했지만, 역시나 뚜렷한 해결책을 주지 못했다. 공천심사위원장이지만 공천 여부를 내 맘대로 결정할 수 없다며 원론적인 입장 설명에 그쳤던 것 같다. 모르긴 몰라도 리스트에 이름을 올리고 있는 인사 중 몇몇에게도 비슷한 서운함을 느꼈던 건 아닐까 싶다. 나 역시 정치하면서 선거법 재판 때문에 여러 번 가슴 치던 경험이 있다.

예전 일기장을 들춰보니 세상에 대한 원망과 야속한 심사가 피를 토하는 듯한 절규가 되어 담겨 있었다. 나도 모르게 벌어진 일을 책임져야 하는, 하여 그동안 의 모든 노력을 수포로 돌려야 하는 좌절의 순간, 무슨 짓이라도 하고 싶은 충 동에 고심하던 흔적도 들어 있었다.

조금 더 따뜻하게 위로라도 해줄걸 그랬다. 결과야 달라질 수 없었겠지만 마음 으로라도 조금 더 관심을 기울였더라면 좋았을걸 후회가 된다. 최선이라고 생각 했지만 그의 섭섭함을 돌아보지 못한 건 실책이었다.

안녕히 가세요. 명운을 빕니다.

당신이 날린 비수가 부당하다는 생각이지만 섭섭하게 해드려 죄송합니다.

지난 일들에 대해 상처가 컸다면 용서를 구합니다.

당과 나라를 위해 바른 일을 한다는 소명의식의 발로였는데

곰곰이 생각해 보니 타인의 아픔을 거두는 섬세함이 부족했네요.

부디 저에 대한 서운함을 풀고

저의 무고함, 해결될 수 있도록

누구보다 명확히 알고 계실 당신이 하늘에서 기도해 주시기 바랍니다.

II

버선목처럼 뒤집어 보일 수도 없고 답답한 날들의 연속이었다.

웃자니 싱거운 사람 같고

심각하자니 죄 지은 사람 같고

난감할 때가 한두 번이 아니다.

빼곡한 하루 일정을 평소처럼 온전히 소화해야 할지 여부조차 처신이 쉽지 않았다.

동네 경로당을 방문했던 어제는 특히 더 그랬다.

경로당은 정치하면서 힘들 때마다 찾게 되는, 특별한 의미의 공간이다.

아버지께서 활동하시던 시절부터 인연을 이어온 분들이

자식처럼 동생처럼 사랑해주는 진심을 충만하게 느낄 수 있는 곳이기 때문이다.

그런데 어제는 달랐다.

평소와 다름없이 반겨주시는 100여 분의 어르신들께 인사를 올릴 때의 일이다.

유독 한 분이 "돈 받은 사람 싫어. 악수 안 해" 하면서

내 손길을 거부하시는 것이었다.

순간 눈앞이 아득해지고 다리에 힘이 빠졌다.

"저는 아니에요……" 해봤지만 무너져 내린 가슴은 수습되지 않았다.

Ⅲ
가족들의 마음고생도 못지않았다. 특히 뭐라고 말씀도 못하시고 그저 당신 기도가 부족한 탓이라고 가슴앓이하시는 어머니 뵙기가 제일 송구스러웠다. 평소 같으면 하루에도 몇 번씩 아들과 통화를 해야 직성이 풀리시는 분이 지금은 바쁠 테니 전화를 바꾸지 말라며 조용히 아들 안부만 챙기신단다.
어머니의 노심초사를 전하면서 수행비서가 눈물바람을 했다.
내 가슴도 미어졌다.

(목회사역을 하고 있는) 동생이 왔으니 가족 예배를 보자는 어머니의 호출을 받고 본가에 들렀다.
예배를 마치고 나오는데 어머니께서 "문종아, 돈 있니?" 물으셨다.
어릴 적 딱지치기하다 다 잃고 의기소침해져서 웅크리고 있는 내게 돈을 쥐어주시며 다시 한 번 해보라고 용기를 주시던 그때의 어머니 모습이 겹쳐졌다.
몇 걸음을 옮기는데 어머니가 다시 불러 세우셨다.
그러더니 다가오셔서 "문종아, 엄마는 너를 믿는다. 그리고 언제나 사랑한다"며 안아주셨다.
그동안의 설움이 울컥 뜨거운 눈물이 되어 솟아올랐다.

어머니, 어머니.

IV

드디어 길고 긴 터널을 벗어났습니다. 예상은 했지만 막상 TV를 통해 '무혐의'라는 검찰 발표를 접하니 만감이 교차했습니다. 압박과 설움에서 풀려난 해방감이 생각보다는 덜 드라마틱해서 억울한 기분마저 들었습니다. 어느 날 갑자기 제 인생에 끼어든 불청객 때문에 영문도 모른 채 지난 몇 달 동안 지옥을 헤맸습니다. 압박과 설움에 짓눌려도 아프단 소리 하나 제대로 내지 못하고 보낸 그 시간들이 아득합니다. 그러면서 비로소 알게 되었습니다. 저항할수록 조여드는 올무의 횡포 앞에서 인간이 얼마나 외로워지는지 또 무기력해지는지 말입니다.

그 따가운 눈총 앞에서 제가 할 수 있는 일은 아무것도 없었습니다. 언론과 야당은 그렇다고 쳐도 지인들의 달라진 시선은 정말 힘들었습니다. 떳떳하다고 결백하다고 아무리 외쳐도 버선목처럼 뒤집어 진실을 보여주지 못하는 현실 앞에선 무용지물이었습니다.

그럼에도 불구하고 이렇게 '무죄의 징표'를 쥐고 나설 수 있게 되었으니 정말 기쁩니다. 웃으면 웃는다고, 찡그리면 찡그린다고 온갖 억측으로 닦달당하며 가슴앓이 하던 지난 설움을 다 보상받은 기분입니다.

덕분에 많이 단단해졌습니다. 이제는 어떤 풍파에도 두려움 없이 저의 길을 갈 수 있을 것 같습니다. 선입견으로 지레짐작하고 역지사지하지 못했던 부족함을 채워 정치적 토대를 마련하는 호기로 삼겠습니다. 역대 어느 대선보다 깨끗한 선거를 치렀다는 이 자부심을 바탕으로 더 이상 손가락질 받지 않는 정치판을 만들어 내고 싶습니다.

저 혼자가 아닌 여러분 모두와 함께 그 일을 이루어낼 수 있게 되길 열망합니다.

−2015. 7. 2

역시나 세상에서 진실보다 확실하고
강력한 무기는 없는 것 같습니다.
아무리 힘들어도 사필귀정을 생각하며
인내하길 잘했지 싶습니다.

우담바라 꽃

처음 정치하는 사람이 외치는 신선한 희망과 비전에
기대를 품었던 게 사실이다.
치기 어린 미숙함조차
시작하는 이의 신선한 열정으로 받아들였다.
그의 소망이 대한민국 정치 발전에 활력을 주고
이끌어가는 실체로 자리 잡게 되길 기도했다.
그러나 남은 건
현실과의 타협에 뒷덜미를 잡힌 필부의 모습뿐이다.
더 이상 눈길을 끌지 못하는
늙은 작부의 갈수록 두꺼워져가는 화장발처럼
그렇게 또 하나의 기성집단으로 전락해
안쓰러움과 역겨움을 자아내고 있다.
그럼에도 불구하고 우담바라의 개화를 이야기하고 싶다.
천년의 칩거를 털고
고목에 싹을 틔우자는 거룩한 음모로 말이다.
펄펄 나는 생기운으로 새로운 신드롬의 출몰을 고하는 지금
이 순간이 얼마나 자랑스러운지.

꿈을 가꾸자

공자는 '단단한 돌이나 쇠는 높은 곳에서 떨어지면 깨지기 쉬우나,
물은 아무리 높은 곳에서 떨어져도 깨지는 법이 없고,
흐르는 물은 장애물에 대해서 스스로 굽히고 적응함으로써
줄기차게 흘러 바다에 이르는 것과 같이
적응하고 인내하며 노력하는 사람만이 값진 인생을 살 수 있다'는
가르침을 남겼다.

공자의 가르침에서 떠오르는 인물이 있다. 링컨의 뒤를 이어 미국에 역사적 업적을 남긴 대통령으로 기억되고 있는 17대 미합중국 대통령 앤드류 존슨이다. 존슨은 구소련으로부터 720만 달러에 알래스카를 사들인 당사자다. 빙설로 덮여 그저 쓸모없게만 보이지만 실상은 수많은 천연자원을 품고 있는 보배였던 알래스카의 가치를 알아봤던 혜안이 발휘한 성과였다. 존슨이 처음부터 대통령 재목이었던 건 아니다.

세 살 때 아버지를 잃은 그는 가난 때문에 정규학교에 진학할 수도 없었던 문맹의 양복점 점원이었다. 그러나 그는 주어진 자신의 여건에 안주하지 않고 늘 자신을 최대화시키기 위해 끊임없는 노력을 기울였다. 이 같은 핸디캡을 가지고 뒤늦게 배움의 길에 들어선 존슨이 치열한 경쟁을 뚫고 급기야 미합중국 대통령 자리에 오르게 되기까지 기울였을 각고의 노력의 양이 어느 정도일지는 미뤄 짐작할 수 있을 것이다.

존슨이 대통령 후보로 출마할 당시 반대 진영이 "양복쟁이 출신 일자무식꾼이 어떻게 미합중국 대통령이 될 수 있겠냐?"고 야유를 퍼부었으나 존슨은 이에 굴하지 않고 "예수 그리스도께서도 초등학교 다녔다는 기록이 없고 더욱이 목수였다"는 멋진 말로 응수했다는 기록이 있다.

존슨이 삼류 재단사로 자족하며 문맹의 삶을 그대로 이어갔다면 어떻게 됐을까? 대통령은커녕 배움의 기회조차 제대로 갖지 못했을 게 뻔하다. 그러나 존슨은 주어진 환경에서 언제나 최선을 다하며 자신의 포부를 위한 노력을 포기하지 않은 끝에 미국 최고의 자리에 오를 수 있게 된 것이다.

비단 존슨의 경우가 아니더라도 역사적 의미를 남긴 인물들을 보면 하나같이 오늘날 세간의 평가를 저절로 얻은 사람은 하나도 없다. 하나같이 자신의 희생을 우선하는 고행 속에서 인생의 목표를 향해 정진했다. 그 어떤 고난에도 굴하지 않고 이를 극복해 나가고자 했던 의지의 소유자라는 공통점이 있다.

하지만 요즘 젊은이들이 살아가는 방식은 그들이 갖추고 있는 많은 장점에도 불구하고 지나치게 찰나적이고 감각적인 삶을 추구하는 게 아닌가 걱정될 때가 있다. 인생에 있어서 진지한 삶을 추구하는 과정에서 얻어지는 참된 삶의 맛에 대한 관심이 별로 없는 것 같아서다.

여기에는 본보기가 될 수 있는 인생의 샘플을 보여주지 못하는 어른들의 책임이 크다. 언론보도 등을 통해 젊은이들이 보는 어른들의 행태라는 게 온통 얄팍하고 천박하기 짝이 없는 일들 투성이다. 뭐라고 충고하기도 민망하다. '나는 바담 풍 해도 너는 바람 풍 하라'는 격일 수밖에 없기 때문이다.

우리는 서울 올림픽 당시 4강 진출로 온 국민 모두가 함께하는 희열의 실체를 맛본 경험이 있다. 온 국민 전 세대가 함께 어우러져 한마음으로 기뻐했던 기억이 새롭다. 올림픽 4강 진출을 달성하겠다는 공동의 목표가 이뤄졌기에 가능했던 순간이다. 그러나 지금 또다시 한마음이 되어 추구할 국가적 목표가 있는가 생각해보면 딱히 떠오르는 게 없다.

21세기를 견인할 수 있는 국가적 아젠다로 국민들에게 꿈을 심어주는 건 어떨까? 그 대안으로 대한민국의 석학들이 모여 통일된 대한민국의 비전 등 온 국민을 함께 이어줄 수 있는 중장기 아젠다 작업을 모색하기를 제안한다. 대통령 직속기구로도 좋고 아니면 독립적인 두뇌집단 형태도 좋다.

가능하다면 내일이라도 당장 이 일을 시작했으면 좋겠다. 사회, 경제, 예술 모두 다 중요하지만 이것보다 시급한 일이 있을까 생각한다. 지금으로선 미래 비전에 대한 모색을 시도했다는 자체만으로 이 암담한 난국을 견뎌야 하는 국민들에게 희망을 갖게 해주는 모멘텀이 될 수 있을 거라고 믿기 때문이다.

꿈을 가꿀 수 있는 사회를 만들자.

수훈갑, 승부근성

승부의 세계는 냉혹하다.
월계관의 명예는 패배를 딛고 나서는 이에게만 기회가 주어진다.
나머지는 빛도 이름도 없이 패배자의 멍에를 감당하게 될 수 있다.

4전 5기 신화의 주인공 홍수환 선수가 우리에게 감동을 주는 건 포기를 모르던 그의
도전 정신이었다. 실제 그는 상대의 강펀치 앞에 4번이나 무릎을 꿇고도 결국 챔피언
타이틀을 손에 넣었다. 포기하지 않고 끝없는 도전을 통해 미래를 보장받은 것이다.

세기의 축구선수 펠레의 진짜 실력도 이기는 게임을 통해 어필된 게 아니었다.
패색이 짙은 게임에서도 쉽게 포기하지 않고 도전하는 불굴의 정신이야말로 오늘 날
의 펠레를 빛나게 한 일등공신이었다.

개인의 최선을 끌어낼 수 있다는 점에서 열악한 주변 환경은 오히려 최상의 선물일
수 있다. 나름 인정받으며 세상을 풍미하는 전문가 집단의 성공스토리에서 승부근성
이 감동의 키워드로 부각되는 것도 우연이 아닐 터다.

그런 맥락에서 이번 선거에 임하는 모든 한국당 후보에게도 같은 당부를 드리고 싶
다. 두 눈 똑바로 뜨고 당당히 임하시라.
다음 번 도전을 위한 좋은 경험이었다고 툴툴 털고 나설 만큼 여유를 가지시라.
쓰리고 아파도 극복하고 웃고 또 웃으시라.

그렇지 않으면 영원한 패배자로 떠돌게 될 수 있다.

이제는 고령도 경쟁력

며칠 전 개인적 친분이 있는 美 스탠퍼드 대학의 S교수와 연세대 K교수, 그리고 이대 A교수 등과 함께 저녁을 함께한 적이 있다. 이날 꽤 여러 주제로 대화가 이어졌는데, 인간의 수명에 관한 이야기 도중 불거진 '정년' 화두에는 특별히 모두의 관심이 모아졌다.

OECD 발표에 따르면 우리나라 국민의 평균수명이 78.5세다. 실제로 주위를 보면 80~90세는 물론이고 100세 노인도 점점 늘어나는 추세. 통상적으로 50~60세가 정년 시기인 점을 감안한다면 수입 없이 지내는 노후기간은 최소 30년 이상이 된다. 이제 우리 사회도 본격적인 고령화 시대로 접어든 것이다. '정년 장치'는 그동안 사회나 직장에서 갈고 닦던 경험과 경륜이 사장될 우려가 있다는 측면에서 이를 최소화할 대책이 필요하다. 현재의 정년제도에 대한 적극적 검토가 이뤄져야 한다.

그날 우리가 정년과 관련해 나눈 대화의 결론이다.
몇 년 전 일본 맥도널드가 기존의 60세 정년제도를 폐지하고 직원들에게 평생직장 생활을 보장하는 제도를 발표하면서 주목받은 적이 있다. 일본과 같은 방식은 아니지만 프랑스, 독일, 영국, 아일랜드 등 '고령사회'에 진입한 국가들도 연령차별금지제와 정년제를 통해 퇴직연령을 되도록 늦추는 등 일자리를 통해 고령화사회 해법을 찾고 있다.

미국의 아이비 대학을 비롯한 유수 대학에도 정년퇴임 제도가 없다. 65세 이후라도 교수들은 자율적으로 자신의 용퇴를 결정할 수 있다. 이 같은 제도 때문에 미 대학에는 유난히 노령의 교수들이 많다. 특히 인문사회학 분야의 교수들은 70세를 넘긴 나이에도 현직에 계시는 분들이 많다. 지금은 고인이 되셨지만 하버드에서 한국학 전공(특별히 한국 족보와 과거제도에 관한 연구로 명성이 높으셨다)으로 한국을 미국에 알렸던 와그너 교수도 칠순 넘어서까지 열심이셨고, 스탠퍼드의 페리나 슐츠 교수도 팔순의 연세에 젊은 교수 못지않게 맹활약 중이라는 전언을 들었다.

그러나 고령화 사회에 대한 뚜렷한 대안이 보이지 않는 우리의 현실을 보면 암울하다. 현재 노인으로 규정하는 법적 연령은 65세 이상이다. 그러나 실상은 70 나이에도 스스로를 노인이라고 생각하는 사람이 거의 없을 정도로 우리 사회가 젊어지고 있다. 그렇다면 수명이 늘어난 만큼 거기에 맞게끔 정년퇴직 제도를 손질하는 게 마땅하다. 그런데 우리 사회는 세계적인 추세와는 반대로 오히려 정년을 단축하고 있는 분위기여서 안타깝다.

고령화 사회에 능동적으로 대응하는 방법의 일환으로 기존의 패러다임에서 벗어나는 선택도 괜찮을 것 같다. 노령층을 부양 대상으로 보는 기존의 인식을 바꿔 또 다른 생산 활동의 주체로, 자립적으로 사회 발전에 기여하는 개념으로 재정립하자는 말이다. 또 한 가지, 나이에 대한 개념을 바꾸는 일도 시급하다. 그래야 국제무대의 치열한 생존 경쟁에서 우위를 점할 수 있다.

이를 위한 방안으로 우리 대학도 미국 대학처럼 단계적으로 정년퇴임제를 없앨 것을 강력히 추천한다. 그리고 중고등학교에서는 현재 정년퇴임 연령 62세를 넘은 교사들이 학생이나 학부모를 대상으로 한 상담역, 학습부진아 보습교육 등의 분야에서 활동할 수 있게끔 환경과 여건을 조성하자.

일반 회사에서도 사오정, 오륙도 등의 압박으로 근무 분위기를 해칠 게 아니라 나이에 구애받지 않고 자신의 능력껏 일할 수 있는 분위기를 조성할 필요가 있다. 사장이나 임원 활동으로 축적된 나름의 노하우를 정년퇴임 등으로 그대로 사장시킬 게 아니라 노조활동이나 사내교육 등에 활용할 수 있도록 기회를 준다면 어떨까. 모르긴 몰라도 예상보다 훨씬 더 긍정적인 성과를 거둘 수 있을 것으로 본다.

이와 관련 삼미그룹 부회장 경력으로 식당 견습 웨이터로 인생을 재출발했던 서상록 씨의 행적은 큰 의미가 있다. 환갑이 넘은 나이에 파격적인 변신에 성공한 그는 또 다시 미국 카지노에서 하루 6시간 2주 속성 과정으로 딜러 트레이닝을 받아 화제가 됐다. 72세는 아직 젊은 나이라고 자신에게 끝없는 도전을 독려하는 그를 벤치마킹해야 한다.

가친 역시 서상록 씨 못지않게 노익장을 자랑하시는 분이시다. 벌써 80을 훌쩍 넘기신 아버지는 지금도 막노동(?)의 일상을 즐기고 계신다. 감독만 하셔도 될 것을 말이다. 자동차도 손수 운전하기를 좋아하신다. 행여 자식들이 걱정이라도 할라치면 "나에게 일을 뺏는 것은 내 심장에서 공기를 빼는 것과 마찬가지다"라는 말씀으로 우리들의 말문을 막아버리신다.
지금도 판단력이나 추진력 모두 우리들 못지않으시다. 이런 아버지를 지켜보기 때문에 우리 사회의 정년제도 개선의 필요성을 잘 알게 되는 것 같다. 고령화 사회의 적절한 활용은 우리 사회의 경쟁력 향상을 위한 확실한 교두보가 될 것이다.

겨울바람

겨울의 찬바람을 맞으면
그대의 환한 미소와 웃음소리
이 마음속 더 애타게 하며
찬바람에 흩뿌려지네

어디서요, 왜요, 그랬어요
한없이 쏟아지는 질문공세에
찬 겨울강 달아오르고
찬바람도 혼쭐이 나네

종종걸음 가로걸음 팔자걸음
발걸음을 맞추어 보느라
달 그림자 마구 밟아도
찬바람은 아랑곳하지 않네

꽉 낀 양손은 양팔에 느려져도
따뜻한 그대의 체취에 취해
별 그림자 보지 못해도
찬바람조차 훈기를 띠네

겨울바람 칼바람이 몰아쳐도
따뜻한 그대의 체취에 취해
한 겨울강도 넘실대는데
찬바람이여 갈 길을 물럿거라

보옴바람
하지바람
가을바람
동지바람
그대바람 사랑바람

STORY TWO

문 – 걸어온 길과 가족 이야기

당부

오래전 국회의원이 되어 첫 등원하던 날,
정치 선배로서 당부하시던 아버지 말씀이 떠오른다.

"귀는 열되 입은 닫아라. 지역구 활동은 열심히 하되
중앙에서의 움직임은 신중에 신중을 더하라,
많이 보고 기억에 담되 잘못된 정치를 닮지는 마라."

파수꾼

살아오면서 성공보다는 실패의 순간을 주목한 적이 더 많았다.
실패의 순간, 그 상황을 얼마나 큰 약으로 쓰느냐에 따라 인생의 성패가 달려
있다고 믿었기 때문이다.

실제 지금까지 내게 일어난 크고 작은 사건—중학교 입학 실패, 박사 과정 낙방,
국회의원 낙선 등—을 돌아봐도 그때마다 나중에 이 실패를 인생의 교훈으로 삼
겠다는 나의 다짐들이 '부록'처럼 달려 있는 형국이다.
그렇게 쌓인 '부록'들은 나의 삶을 지키는 든든한 파수꾼 같은 존재가 되었다.
어지간한 시련쯤은 쉽게 극복되는 경지에 오른 요즘의 여유가 단순히 연륜에서
비롯된 게 아니라고 생각하는 이유다.

이제 본격적인 시작이다.

그동안의 시간을 무의미하게 흘려버리지 않았다는 확신이
있다. 비온 뒤 더 단단해지는 땅처럼 내 자신이 훌쩍 커져
있는 느낌이다. 그렇게 기도하는 마음으로 출발선에 섰다.

아웃사이더의 시각으로 지켜본 불합리한 정치적 관행과
구태를, 정밀하게 파헤치고 과감히 개혁하는데 나름의 역
할을 할 수 있었으면 좋겠다.

구두수선소 주인장

풍족하지는 않지만 주어진 삶에 최선을 다하고 자족할 줄 아는 모습만으로 주위를 행복하게 해주는 이웃이 있다. 의정부 신곡 1동 발곡중학교 앞 사거리에 위치한 가판, 3평 남짓한 구두수선소 주인장이 바로 그 주인공인데 나의 열혈 팬(?)이기도 하다.

저마다 소설책 몇 권 분량의 사연을 가지고 인생을 하소연하지만, 신산하기로 따지자면 그 역시 간단치 않은 삶을 살았다. 2살 무렵 아버지를 따라 고향인 목포를 떠나와 용산 천막촌에서 서울 생활을 시작했다. 열악하기 짝이 없는 환경이었지만 고난으로 점철된 인생 전체에 견주면 서곡에 불과했다.
설상가상 빚을 내어 천막에 2층을 조성해서 세를 주는 식으로 삶의 궁핍을 벗어나려던 부친의 '꿈'은 느닷없는 화마로 물거품이 되고 말았다.

화재로 상계동 집단촌 9평 판잣집을 얻어 이주하게 됐지만, 화병을 이기지 못한 아버지는 13살부터 17살에 이르는 4형제에게 '도둑질하지 말고 인사 잘하고 착하게 살라'는 유언을 남기고 44세 짧은 생을 마감하셨다.

졸지에 가장을 잃어버린 가족의 삶은 오롯이 그의 짐이 되고 말았으니 그 고생이 오죽했을까 싶다. 선친의 유언을 가슴에 담고 온갖 거친 일을 하며 세상을 살면서도 자신의 삶을 흐트러뜨리지 않으려 노력했다는 그의 말이 틀리지 않다는 생각이다. 동생들을 돌보느라 정작 자신은 초등학교밖에 나오지 못했다는데 유일한 학교 동창인 당시 친구들과 지금까지 평생 우정을 나누고 있는 근황을 말하면서 웃는 모습이 참으로 진솔해 보였다.

나 역시 6·25 때 월남한 이후 실향민으로 고달프고 아프게 살아온 부친의 삶의 궤적을 수없이 들어왔기에 신산한 그의 과거가 남의 일처럼 들리지 않았다. 제법 긴 시간을 먹먹한 가슴으로 경청할 수 있었던 이유이기도 하다. 그때는 손을 잡고 들어주는 도리밖에 없었지만 마음속으로 다짐한 건 있다.

'이런 분들께 희망을 주는 정치를 해야겠구나.
이들의 눈물을 닦아줄 수 있는 정치를 해야겠구나.'

인생의 비밀

말해주고 싶다.
오늘의 슬픔에 지나치게 오래 빠져 있는 건 어리석은 일이라고.
오늘의 기쁨에 도취되어 밤새워 축가를 부르는 일 역시 경계해야 마땅하다고.
영원한 슬픔도 영원한 기쁨도 존재하지 않는 인생의 비밀을 눈치채야 한다고.
기쁨과 슬픔은 일란성 쌍둥이처럼 늘 함께 존재하며,
그중 슬픔은 필경 머잖아 위대한 기쁨으로 승화될 자원이라는 사실도.
그럼에도 불구하고 절정에 오른 기쁨의 순간조차도
애끓는 슬픔의 방문을 받을 가능성이 늘 열려 있다는 것을 염두에 두어야 하는 것도.
감당할 수 있는 슬픔과 탐욕스럽지 않은 기쁨으로
언제나 주어진 상황에 감사할 줄 아는,
균형 잡힌 인간으로 살아갈 수 있게 되기를
기도해야 하는 이유도.

야구시합 대진표가 생각납니다.
저는 필드에서 8년 동안 퇴출되어
외야 관중석에 있었던 사람입니다.
덕분에 비상식적인 욕심이나 사심 없이 사는 삶이
얼마나 중요한지 잘 알게 되었습니다.

시합장에 나와 있는 우리 모두는 4번 타자입니다.
형편과 여건만 허락한다면
모두 홈런을 칠 수 있는 기량과 역량이 있는 베테랑들입니다.
이승엽도 추신수도 이대호도 컨디션 여부에 따라 벤치에 앉아 있듯
정치 일정도 기다림이 필요할 때가 적지 않습니다.

'수백 년 도읍지를 필마로 돌아드니
산천은 의구한데 인걸은 간데 없네
어즈버 태평연월이 꿈이련가 하노라'

당선자 대회를 끝내고 새로운 다짐으로 마음을 추스르며 여의도를 떠나오는데, 갑자기 떠오르는 시조 한 수가 약간의 설렘과 국가와 민족에 대한 무거운 책임감으로 나를 각성시켰다. 정치 밖에서 지냈던 지난 8년을 결코 헛된 날들로 만들지 않도록 해야겠다는 비장한 각오도 마음에 담게 했다.

정치 낭인으로 보낸 시간들이 현역 정치인이었으면 도저히 볼 수 없었을 안목을 갖게 했다. 정치적 역량을 숙성시켜준 참으로 귀한 세월이었다. 제대로 정화됐다는 확신이 나로 하여금 자신감에 차 있게 하는 건 열망의 순기능이다.

그렇게 뜨거운 열정으로 챙겨둔 법안들을 하나씩 손질해서 대한민국의 빛과 소금이 되도록 하겠다. 더불어 훗날 돌이켜 봤을 때 19대 국회에서의 삶이 내 생에서 가장 보람 있고 빛나는 시기가 될 수 있도록 최선을 다하겠다.

−2012. 5. 29

정치인의 말

옛 성현은 '말로써 말 많으니 말 말을까 하노라' 하는 가르침으로 말의 부정적 측면을 경계토록 했다. 정치인들이 민감하게 받아들여야 할 가르침이 아닐까 싶기도 하다.

처음 정치에 입문했을 때 '관중과의 눈맞춤이 없는 정치인의 연설은 죽은 연설'이라는 한 선배 정치인의 가르침을 지금껏 잊지 않고 있다. 정치적 일정이 아니더라도 평소 연설 기회가 많은 내가 매번 처음 연단에 나서는 것처럼 치열한 심정으로 연설에 임하게 되는 이유이기도 하다.

어차피 말의 성찬이 주를 이루는 국회에서 정치인의 발언은 주요 의정활로일 수밖에 없다. 그럴더라도 다음부터는 조금 더 지켜보면서 더 배우고 더 생각하고 더 준비한 다음에 입을 열어야겠다는 생각이다.

말 잘하는 국회의원보다 의미 있는 내용으로 소통과 공감을 이끌어내는 말을 할 줄 아는 국회의원이 되어야겠기에.

여의도 훈수

살면서 허위사실로 남의 가슴을 아프게 하는 일은
절대 하지 말라는 주문이다.
그렇게 해서 씻을 수 없는 원한을 남기는 건
너무도 큰 죄악이다.
무엇보다 그 대가를 크고 중하게 치르는 것을
종종 봐왔기에 하는 말이다.
어쨌거나 이왕이면 좋은 인연을 매개로
여의도가 지금보다 더 사람 냄새 나는 곳으로
거듭날 수 있으면 좋겠다.

감동의 힘

딸이 거리에서 명함을 돌리고 있는데 한 아주머니가 다가오셨다. 그리고 "아버지께서 꼭 당선되길 바란다"며 안아줬는데 그분의 진심이 딸을 감격시켰다. 성당 앞에서 명함을 돌리던 아들에게도 비슷한 경험들이 있었는데 "아버지는 훌륭하신 분"이라며 안아주시던 할머니 등 후보 '홍문종'에 호감을 보이는 시민들의 격려를 많이 받았다.

동생과 그런 경험을 나누며, 순간 딸은 생각했단다. 낯선 이들도 저렇게 아버지를 위하시는데 자식인 우리는 더 최선을 다해야겠다고. 결국 아버지를 위해 길에 나선 자신들을 따뜻한 말로 격려하고 아버지에 대해 호감을 보이는 시민들의 모습이 내 아이들로 하여금 고된 선거운동을 견디게 하는 에너지원이 된 셈이다.

현장에서의 호응은 후보를 춤추게 하는 무한 에너지가 된다. 눈치를 보지 않는 자연스런 '홍문종! 홍문종!' 연호가 후보를 얼마나 고무시킬 수 있는지 당사자가 아니면 절대 공감할 수 없다.

택시 기사님들을 찾아간 현장에서도 인기 만점이여서
구름 위에 오른 기분이 됐다.
일부러 택시에서 내려 포옹하거나
'홍문종'을 외치는 것으로 자신들의 반가움을 표현했다.
함께 있던 일행이 "기사님들이 어떻게 그리 좋아할 수 있느냐"며
놀라워할 정도였다.
그렇게 나는 다시 힘이 났다.

홍문종이 '언제 적 홍문종이냐?'는 일갈도 듣는다. 그럼에도 불구하고 흔들림
없는 믿음으로 오늘도 달릴 수 있는 건, 깊이 숙성된 뜻을 위해 세운 목표에 갈
수록 뜨거워질 수 있는 건, 오래토록 지켜봐 주고 견인해주는 이웃의 힘이 있기
때문이다.
변함없는 성원이 주는 감동의 절대적인 영향력을 정치 영역에도 벤치마킹하고
싶다.

내가 남긴 흔적이
자식은 물론 국가 등에 어떤 모습으로 작용하게 될지 상상해봤다.
삶을 잘 꾸려나가는 일이 얼마나 중요한지,
특히 부모로서의 삶에 얼마나 신중한 처신이 요구되는지도 깊이 생각했다.

생존 전략

지난 삶을 돌아보면 허허실실로 방심하던 현지인들을 접수하며 '무림의 고수'를 자처했다. 학창 시절 반장선거, 회장선거를 평정할 때도 그랬고 스탠퍼드 대학에서의 학생회장 당선이나 국회의원 타이틀도 비슷한 과정을 거쳤던 것 같다.

조금 더 나은 교육환경을 위한 부모님의 교육열 덕택에 나는 늘 새로운 환경에 적응해야 하는 이방인의 삶을 감수해야 했다. 수줍고 소극적인 첫인상으로 기존의 공동체에 접근하는 방식은 그런 환경에서 살아남기 위한 내 나름의 생존 전략이었다.

달과 기찻길

오늘따라 달이 환하게 웃으면서 나의 마음을 알고 있다는 듯 미소를 짓고 있다.
나 역시 기쁜 마음으로 달을 향하여 내 마음을 연다.

달님
당신은 나를 알고 있지요?
나도 당신이 안다는 걸 알고 있었어요.
그러나 달님,
내가 아무리 알고 있어도
당신이 오늘처럼 먼저 나에게 다가와주면
내 마음 천배 만배 더 행복해졌음을 고백합니다.
감사하고 행복하다는 말도 함께 드립니다.
나는 지금 달을 바라보며 선로 위를 걷고 있다.
내가 선로 위에서 달을 바라보고 있는 것은
기찻길이 다른 길보다 한적해서 가까이에서 달을 볼 수 있기 때문이다.

달님
기찻길에서 당신을 바라봅니다.
가까이 보이는 당신의 빛이 내 가슴 깊숙한 곳에
그리움의 그림자를 남기고 있지만 그래도 괜찮습니다.
저 멀리 터널이 보인다.
터널을 쳐다보니 터널 안에서 기찻길이 만날 수 있을지도 모른다는
생각에 잠시 희망을 품어본다.

한참 기찻길을 걷다보니 문득 가슴이 아파집니다.
양 갈래 평행선으로 서로 차갑게 마주 봐야 할
서로가 서로에게 닿을 수 없는 선로의 숙명을 알고 있기 때문입니다.
그러나 현실은 냉정했다.
열심히 터널을 향해 달려간 나는 잠시의 착각이었을 뿐
서로 마주 봐야 할 선로의 숙명을 바꿀 수 없다는 사실을 확인했다.
거기서도 기찻길은 여전히 서로가 서로에게 따뜻한 손을 내밀지 못하고 있었다.

달님
당신이 전하는 사랑을 받아들고
당신과 나 하나 되는 이 밤에도
오로지 마주 선 채 서로를 그리워해야 하는
기찻길의 소리 없는 눈물
당신의 사랑을 받을 수 없는 슬픈 숙명에 잠 못 드는 이 밤이
나그네의 마음을 아프게 합니다.

기찻길에게 물었다.
서로를 품지 않고 바라만 보는 현실에 불만은 없냐고.
하나가 되지 못하는 선로의 평행선이
지켜보는 이의 마음을 왠지 슬프게 만드는 것 같다고.
평행의 기찻길이 대답했다.
세상의 아름다운 만남과 사랑을 만들어주고 품어주는 일이
우리에게 주어진 임무라고.
사랑하는 연인이 서로 만나고자 할 때 마음을 합해 빨리 만나게 해줄 뿐만 아
니라 사랑하는 사람들이 손에 손잡고 산에도 가고 강에도 가고 바다에도 가고.
그렇게 사랑의 결실을 맺게 하는 일을 하다보면
그저 바라보고 있는 사랑만으로도 더 큰 행복과 사랑을 느낄 수 있다고.
충분히 행복하다고.

그 순간 삭막하게 보이던 선로 위가 유난히 밝은 달빛을 받아 환해졌다.
기찻길은 그렇게 깊은 뜻을 헤아리지 못했던
나의 단견을 조용히 매만져 수정해줬다.
그 덕분에 나의 마음은 오랜만에 복잡했던 우울을 벗어날 수 있게 됐다.
오랜만에 하나가 되어 들려오는 사랑의 심포니 선율이
오늘따라 유난히 감미로웠다.
나의 영원한 사랑 달님과 사랑의 전달자 기찻길과
사랑의 연주를 열심히 듣고 행복해하는 나와...

순혜 이야기

결혼 4년 만에 얻은 큰 딸 '순혜'는 태어나기 전부터 온 집안의 기대와 관심을 모았던 아이다.

아버지께서는 (지금 큰 아들이 쓰고 있는) '순일'이라는 이름을 준비해놓고 출산일을 꼽으셨을 정도다. 은근히 장손을 기대하셨나 본데 나는 딸이어서 더 기뻤다.

아버지로서의 행복을 처음 알게 해준, 어여쁘고 소중한 딸아이를 아주 많이 사랑한다. 눈에 넣어도 아프지 않을 만큼 세상에서 가장 아름다운 존재라는 생각이다. 특히 태어난 지 10일 만에 이름도 없이 하나님 품으로 가버린 첫아이에 대한 아쉬움 때문인지 순혜를 향한 나의 마음은 언제나 '순애보' 그 자체다.

이 땅에 사는 대부분의 아버지가 그렇듯
나 역시 딸이라면 꼼짝 못하는 '딸바보'가 되고 만 것이다.

막내의 입대

순범이가 나라의 부름을 받고 입대하는 날, 만사를 제치고 37사단 훈련소가 있는 증평까지 아내와 함께 녀석을 배웅하기로 했다. 할아버지, 할머니께 큰 절로 원행을 고할 때에도 전화로 친구들에게 작별인사를 나눌 때에도 녀석은 내내 의연했다. 언제 이렇게 남자가 됐나 싶게 훌쩍 커 버린 모습이 무척이나 듬직해 보였다.

드디어 입영식이 끝나고 아들의 경례를 받으면서 비로소 군에 간 아들과의 간격을 실감하고 있는데 문득 오래전 아버지의 모습이 떠올랐다. 바쁜 일상에 쫓겨 매번 가족행사를 챙기시지 못했는데 대학원에 다니다 뒤늦게 입대한 나를 부대까지 데려다주시는 파격(?)으로 모두를 놀라게 한 그때의 아버지 모습 말이다.

그때 아버지의 심정이 지금의 나와 같았을 것이다. 무뚝뚝한 표정 속에 뜨거운 눈물을 숨기고 가슴으로 삭혔을 아버지의 속울음이 손에 잡힐 듯 선명하게 다가오는 느낌이었다.

아들 생각을 하면서 아버지 생각을 했고, 아버지를 생각하면서 다시 내 생각을 했다. 그렇게 생각의 타래를 몇 번씩 되풀어 감다보니 그동안 내가 부모님께 받은 사랑이 얼마나 큰 부피였는지, 또 순범이가 내 가슴속에 얼마나 큰 존재로 자리 잡고 있는지 등이 선명하게 부각되는 것 같았다.

순범이가 벌써 많이 그립다. 아들의 부재가 주는 공허감이 생각보다 인생의 복병이 될 거라는 예감이다. '사랑하는 아들아, 대한의 건전한 남아가 되어 건강한 모습으로 웃으며 만날 때까지 함께 이겨내도록 하자.' 마음의 편지를 써서 아들 곁으로 달려가 보지만 큰 약이 되는 것 같지는 않다.

행복에 대하여

사람들과의 만남으로
일상의 태반을 채우며 살아가는 내 삶은
행복한가?

성찰 끝에 비약일 수도 있지만
인간의 행복이 생각보다 복잡하지 않을 수도 있겠다는 결론에 이르렀다.
사람과 사람 사이의 가교를 통한 인연이
인간의 삶의 질 여부를 가장 단순하게 정하는 기준일 수도 있다는
가정을 포함해서 말이다.
실제로 짧은 시간이나마 만남과 대화만으로 기쁨을 주는 사람이 있는가 하면,
정반대인 경우도 있다.
마음과 다른 행동으로 상대에게 상처를 주거나 받으면서
고약하게 얽혀버린 인연도 비일비재했다.

새삼스럽지만 가까이에 있는 사람에 대한 배려의
중요성을 다시금 새겨보는 시간이다.

추억의 힘

추억은 힘은 세다. 한 방을 가득 채운 동창들을 만나 웃고 떠들자니 세상 어디에 있을 때보다 행복하다는 생각이 들었다. 40여 년 전 시간대로 훌쩍 옮겨 간우리들은 그 시절을 마치 어제 일처럼 생생하게 떠올려 울고 웃었다.

중간에 내일 일정을 이유로 귀가한 나를 집 앞뜰로 다시 불러낸 건 덩그러니둥근달을 걸고 있는 앞산이었다. 얼마 전에는 부처님의 형상이었던 앞산에 조금 전 만난 친구들 얼굴이 오버랩 되면서 나의 호기심을 자극했다. 국진이가 되었다가 인식이, 춘경이 그리고 만영이 모습으로 바뀌는 앞산을 바라보며 친구들과의 추억을 다시금 곱씹고 있었다.

그러다 앞산이 달리 보인 건 산의 변모라기보다 내 안의 생각이 변했기 때문이라는 깨달음이 왔다. 자연이나 사물이 본래의 모습 대신 개인의 생각이나 느낌이 투영된 형상으로 비쳐지기 마련이라는 것, 결국 자기가 보고 싶은 모습으로보게 되어 있다는 것.

우연히 삶의 비밀 하나를 건진 느낌이 들었다.
타인에게서 내 모습을 찾아내 반추해보는 내 오래된 습벽에서도 비슷한 맥락이읽혀진다. 다른 사람을 수월하게 이해할 수 있고, 자신의 취약점을 보완하는데이보다 더 효과적인 방법은 없다는 생각이다. 때로는 스스로를 경계하게 하는약이 되기도 한다. 나만의 노하우로 내 삶을 긍정적 비전으로 채워가는 노력의일환이라는 점에서 은근히 자부심을 갖게 되는 것 같다.

오늘도 앞자리에 앉아 신이 나서 사시 합격한 아들의 결혼 소식을 전하는 완성이의 '흥' 많은 점은 나와 닮았다는 생각을 했다. 동기 회장으로 수고하고 있는 성수는 관심 분야에 무서운 집중력을 보이는 친구인데 그에게 내 모습이 있었다. 천진난만하고 구김살 없는 승철이나, 가끔 지나친 욕심으로 눈총을 받는 ○○에게서도 내가 보였다.

이런저런 생각을 하며 앞산을 바라보고 있는데 새벽 공기를 가르는 음성이 내 귓가를 울렸다.

'짧다면 짧고 길다면 긴 시간, 결코 평범치 않은 삶이었다. 돌아보면 한 편의 장엄한 서사시 소재라고 해도 무방할 만큼 삶의 매 순간이 극적인 희비로 채워지는 굴곡의 연속이었다. 처절한 좌절이 있었지만 끈질기게 인내하며 운명에 굽히지 않은 네가 자랑스럽다. 지금껏 지난 삶을 잘 지켜낸 것처럼 앞으로도 더 잘 해내리라 믿는다.'

절대자의 무한 격려가 주는 에너지가 생생하게 감지됐다. 언제나 그런 식으로 내 삶의 과정을 정리하고 지혜와 여유를 허락해 주시는 절대자에게 감사했고 스스로도 대견하다는 생각을 했다. 힘을 얻고 집을 향하는 발걸음이 그렇게 가벼울 수 없었다. 그 여운이 잠자리까지 따라붙어 미래에 대한 희망을 부풀리는 듯했다. 기분 좋은 한밤의 데이트였다.

부산에서

툭 하면 학교 문이 닫히던 대학 시절, 서울에서 강릉의 7번 국도를 거쳐 부산에 이르는 여행길은 억눌린 청춘의 열기를 식혀주는 해우소였다. 버스 두 대가 마주치기라도 하면 한참을 비껴 서 있어야 할 만큼 비좁고 덜컹거리던 비포장 국도를 달리면서 먼지투성이가 된 몰골보다는 얼얼한 엉덩이가 더 신경 쓰였던 기억이 새롭다.

아스라한 추억 속에서 그때 마주치던 마을들이 되살아나는데 지금보다 훨씬 멋스러웠다는 생각이다. 비록 남루하고 못생겼지만 나름대로 독특한 고유의 정취를 담고 있었던 것 같다. 대부분의 마을들이 독특한 이름을 달고 때 묻지 않은 순수함으로 자연과 더불어 어울리며 내 추억의 한 귀퉁이를 장식하고 있다. 특히 부산 해운대 인근의 달맞이고개도 그중 한 장소다. 오랜 시간 달려와 마주했던 달맞이고개의 황홀했던 정취는 지금도 설레는 감흥을 준다.

春光

새하얀 목련이 터질 때
순수하고 눈 시린 아름다움
흰 붉은 벚꽃이 오를 때
화려하고 눈부신 아름다움

순백 수줍음이 눈길을 잡아
마음을 그리고
無地 황홀함이 손길을 잡아
온기를 담그니

무릉도원 도원경이
펼치며 널브러져
구름 젖은 하늘궁전
살포시 내려앉아

흰색 하늘이 닫혀
황토색과 어울려도
기품을 간직한 채
대지에 안기고

영롱했던 무지개도
덩실덩실 선녀춤으로
천지를 덮으니
온 세상이 무아지경

사락 파락 봄비 내리고
하후 후훠 봄바람 불어
영롱한 비단길을 열으니
애잔하게 허우적허우적

찬란한 春光
어느덧 멀어지니
덧없는 세월만이
추억으로 남겨져

봄날은 간다
봄의 소리, 느낌, 향기
봄의 추억, 색깔, 고독
신기루 저편으로 사라져 간다

아버지

세월 앞에 누구도 예외가 될 수 없는 현실을 절감하는 요즘이다. 근래 들어 부쩍 약해지신 아버지 근황 때문이다. 잦아진 병원 행에 심리적으로 위축되셨는지 전에 없는 모습을 많이 보이신다. 철통같던 아버지가 '보고 싶다'는 말을 다반사로 하시고, 고별사 같은 감성적 발언으로 억장을 무너뜨리는 일도 늘었다.

오늘만 해도 단골 냉면집으로 우리를 이끄시더니 "이 집에서 먹는 마지막 냉면이 될 것 같다"며 비감해지셨다. 어제라고 다르지 않았다.
"너와 함께 고향에 가고 싶었는데... 이제 3년이면 통일이 될 텐데 살아서 그날을 볼 수 있을까?"라고 우울해하시다가 이내 "인생 별거 없다. 결국 모든 건 죽게 되어 있다"며 고개를 떨구셨다.

인생의 기로마다 묵묵히 안전지대로 이끌어주시던 아버지를 생각하면 너무도 어울리지 않는 그림이다. 큰 산의 위용으로 언제나 주위를 압도하던 아버지는 어디로 가신 걸까?
가슴이 먹먹해진다.
비정한 세월이다.
철통같던 아버지를 이렇게 속절없이 무너지게 하다니.

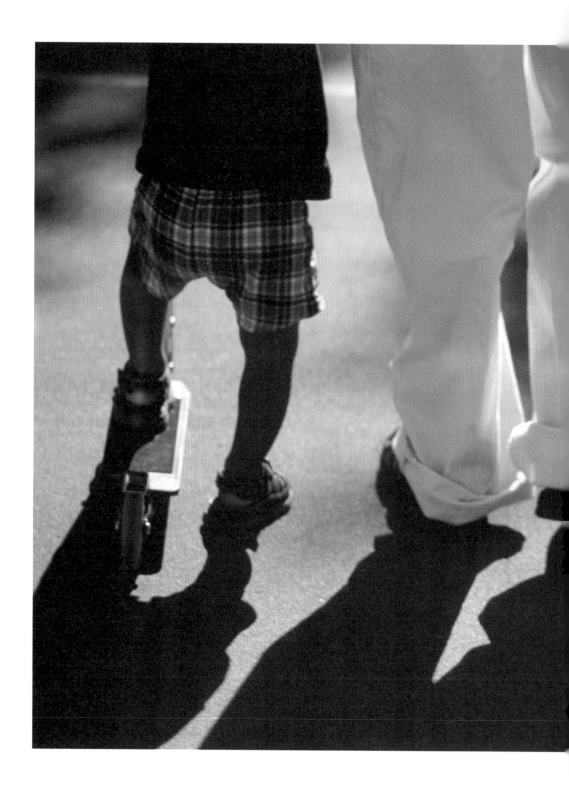

내 인생은 얼마나 남았을까.
새삼 삶과 죽음의 영역을 되돌아보는데
계량이 쉽지 않다.
아버지와의 나이 차를 생각하면
아직은 시간이 많은 것 같기도 하고
또 한편으로는 조급해지기도 한다.
어찌 사는 게 잘 사는 것일까 고민이 깊어진다.

많은 이들이 인생을, 삶의 목표를 얘기하느라 목청을 높인다.
목소리 크기로 삶의 질이 결정될 수 있다면 기차 화통인들 못 삶으랴.
그러나 문상을 네 곳이나 다녀온 최근 생각이 다르다.
그 어느 때보다 숙연한 느낌이다.
죽음 앞에서 삶의 유통기한을 따지는 일이
얼마나 무의미한 일인지 새삼 깨달았기 때문일 것이다.
다만 되도록 피하고 싶던, 인간의 마지막 단계가
이제는 더 가까이에서 그 그늘을 드리우고 있는 것 같아 안타깝다.

아버지...

孤獨

칠흑의 밤은
커다란 축복
보듬어 주고
숨기어 주고

밤의 향연은
그래도 고독

흔적을 비추기에
처절한 고독
못 막는 눈물
그리고 원망

소스라치게 깬 밤에
찾습니다
여기저기 찾습니다

희어진 머리털과
돋보기 안경만이
만지작거려집니다

별빛도 너무 멀고
둥근 달은 너무 크고
그 님의 미소조차
희미하기 그지없습니다

그랬습니다
레만호의 일렁임도
이스탄불의 반짝임도
튀니스의 지중해 바람도

진정
고독이었습니다

또 하루가 갑니다
그리고 수많은 생각들이
이곳에서 돌아오지 못하는
저곳으로 넘어져가 버립니다

나의 조각들을 붙잡아 보지만
민낯을 삐죽이 내민 채
고독의 심연으로 떨어집니다
어차피 나의 것은 아닌 것 같습니다

고독을 피해
아니 고독이 물러갔다고
환희의 노래를 부르고
한바탕 축제를 벌려도

그래도 고독인 것 같아요
이별도 아닙니다
못남도 아닙니다
소심도 아닙니다
물론 죽음도 아닙니다

우리가 고독이기 때문입니다
잠 못 이루는 이 밤
독백합니다
고독합니다
정말 고독합니다

나의 잘못도
당신의 잘못도
말도 못하는
고독이 인생입니다

고독은
몽블랑의 만년설처럼
저 하늘의 뭇별들처럼
거기에 있었습니다

고독한 나를 사해주소서
나로 인한 모든 고독에게
무릎 꿇어
사죄하고자 합니다

그러나
고독은
진정 나의 것도
당신의 것도
아닌
저 너머의 영역이기에

이 새벽
고독을 맞이하는
나의 들숨과 날숨도
가슴의 팔딱임도
진정
감사할 따름입니다

칠흑 같은 고독한 밤이
또 밀고 당기고
하얀 밤을 이어갑니다

Still Alice

딸의 추천으로 영화 〈Still Alice〉를 봤다. 언어학자로 명성을 날리며 승승장구하던 51세의 명문대 여교수가 희귀성 알츠하이머 발병으로 지워져가는 기억을 붙들고 고군분투하는 과정을 그린 영화였는데 보길 잘했다는 생각이 들었다.

뜻하지 않는 병마의 습격을 받은 여주인공 앨리스의 당혹스러움과 두려움 등의 심리가 가슴 밑바닥으로부터 치고 올라오는 그 어떤 절실함으로 다가와 눈길을 붙잡는 영화였다.

스틸 앨리스를 유작으로 남기고 지난 3월 63세의 나이로 세상을 떠난 감독의 흔적을 살피다 보니 그 이유를 알 것도 같았다. 영화는 루게릭병으로 시한부 삶을 살고 있었던 리처드 글랫저 감독의 인생이 투영되어 있었다. 극 중 여주인공 대사의 태반은 세상을 향한 감독 자신의 외침이었다.

"제가 고통받고 있다고 생각하지 말아 주세요.
전 고통스럽지 않아요. 다만 온 힘을 다해 애쓰고 있어요.
세상의 일부가 되기 위해. 또 예전의 나 자신으로 남아 있기 위해서요.
그래서 '지금 이 순간을 살라'고 제 자신에게 말하죠.
그게 순간을 사는 동안 정말로 제가 할 수 있는 모든 것이죠."

촬영기간 내내 현장을 지키며 삶의 마지막 순간까지 영화에 자신의 전부를 바쳤던 그의 투혼을 생각하면 가슴이 먹먹해진다. 병세가 악화되어 더 이상 말하는 것이 불가능해지자 아이패드의 음성응용 프로그램까지 동원해 촬영을 강행할 정도였다니.

그런 열정이 있었기에 자신의 치열한 내면을 할리우드 최고의 연기력을 자랑하는 줄리안 무어에 완벽하게 투영시킬 수 있었을 것이다. 무엇보다 그 어떤 절망의 순간에도 굴하지 않고 의욕을 잃지 않는 영원한 용자의 표상이 되었으니 다행이다.

영화는 내게도 몇 가지 생각을 던져줬다. 우선은 그 어떤 인생의 고비에도 굴하지 말고 꿋꿋이 자신을 세우라는 강렬한 메시지다. '지나친 낙관이나 비관도 말라'는 선인의 말씀을 다시금 되새기게 했다.
아무 문제없어 보이는 성공적인 삶도
사실은 끊임없는 좌절 속에서 찾아낸 길의 첫머리일 뿐,
주어진 삶에 충실한 것이 최고의 전략인 것을.

스러져가는 앨리스의 곁을 지키는 막내딸 리디아의 선택에서 세상의 또 다른 질서를 볼 수 있었다. 유별난 자유분방함으로 가족의 질서를 흐트러뜨리던 그녀가 영원한 결속을 다짐하던 가족들이 저마다의 삶을 위해 뿔뿔이 흩어진 뒤 텅 빈 앨리스의 존재감을 채워주기 위해 기꺼이 헌신하는 모습은 숭고했다.

우리 사회를 지탱하는 건 소위 잘난 이들의 '능력'보다 오히려 어렵고 고통받는 가운데 역지사지로 타인을 품을 수 있는 '손길'이라는 걸 깨달았다. 결국 세상을 완성시키는데 필요한 건 뛰어난 능력보다는 '타인의 고통에 반응하는 이들의 헌신적 역할'이었다.

사랑이야말로 그녀를 당당한 세상의 일원으로 존재토록 하는 에너지의 실체였다. 그렇게 세상에 남는 건 사랑밖에 없다는 웅변을 통해 삶의 의욕을 독려하고 있었다. 사랑을 통해 여전히 진행 중인 희망을 전하는 영화의 마지막 장면은 오래도록 기억에 남을 것 같다.

종점 이용원

모처럼 대원여객 106번(구13번) 종점에 위치한 '종점이용원'에 들렀다. 선거구가 바뀐 뒤로는 자주 찾지 않아 오랜만이었지만 어제 본 사람처럼 살갑게 반겨주는 주인장의 미소가 있어 편안했다. 자신에 대한 확신으로 스스로의 품격을 높일 줄 아는 사람이 몇이나 될까.

그는 그랬다. 이발 기술에 관한한, 오랜 기간 한 우물을 파온 장인의 꼿꼿한 자부심이 그의 삶을 충분히 돋보이게 했다.

자신처럼 전통적인 머리 모양을 낼 수 있는 명품 이발사는 드물다고 한참을 강조하던 그가 스스로를 '이발 명장' 반열에 올렸는데 반감이 들지 않았다. 실제 머리를 다듬는 손놀림을 보니 단순한 가위질이 아니었다. 작품을 다루는 예술가의 손길과 다르지 않았다. 아닌 게 아니라 솜씨를 인정받아 과거, 두 분의 대통령을 모시기도 했다니 자부심을 가질 만하다는 생각이 들었다.

육순을 훌쩍 넘긴 나이가 믿기지 않을 정도로 내내 활력이 넘치는 입담도 인상적이었다. 특히 군대를 삼대째 다녀온 집안에 대해 공무원 특채 등 사회적 이익을 주는 법을 만들어 국가 의무에 충실한 사람들이 대접받는 사회를 만들라는 주문은 귀에 쏙 담겼다.

갈수록 젊은이들이 군대를 기피하는 현상이나 군대는 배경 없는 집 아이들만 가는 곳으로 인식되는 우리 사회의 잘못을 고쳐야 한다는 쓴소리도 마찬가지였다. 아이들 얘기를 묻기에 두 아들 중 하나는 제대했고 하나는 군 복무 중이라고 했더니 자신의 동해 경비사령부 시절의 무용담을 들려주며 신명을 냈다.

문득 머리를 깎던 그가 내 이마에 관심을 가졌다. 한참을 이마에 눈길을 주더니 굉장한 이마를 가졌다며 큰 인물이 될 상이라고 덕담을 했다. 역대 대통령들의 이마에 대한 나름의 평가를 곁들이면서 말이다. 그러면서 이발소 앞에서 함께 사진 찍기를 청했다.

돌아오는 발걸음이 한결 가벼워진 건 깔끔하게 정리된 머리 때문만은 아닐 것이다. 명품 이발사가 되려면 머리만이 아니라 마음을 매만지는 솜씨도 여간 아니어야 할 듯싶다. 여러 가지 이유로 하루에도 몇 번씩 평상심 유지를 위해 애를 써야하는 요즘, '종점 이용원'에서 얻은 활력이 참으로 감사했다. 더욱 기품 있는 이발의 명장으로 거듭나시길 진심으로 기원한다.

해내신교(海内神交)

실향민 특유의 정서 때문일까?
아버지는 유난히 사람과의 관계에 애착이 많으신 편이다.
그런 만큼 주변에 해묵은 우정을 나누시는 분들이 많은데 그 중 미국인 친구들도 적지 않다. 서툰 아버지의 영어실력을 알고 있는 나로서는 불가사의한 일이다.
어떻게 이국인들의 마음을 사로잡을 수 있는 지 정말 대단하다는 생각을 하게 된다. 의정부라는 지역적 특성이나 정치인인 직업 환경과 무관하지 않겠지만 역대 주한 미8군사령관이나 한미연합사령관들 중 본국으로 돌아가서도 아버지와 돈독한 분들이 많다.

이번 경민학원 개교 47주년 축하 차 방한한 Donald. B. Sheley 목사님 부부와 그 자제도 아버지의 그런 인연을 나눈 분들이시다. Sheley 목사님은 40년 전 경민학원 첫 방문으로 아버지를 만난 이후 지금까지 정을 나누고 계신다. 이번 만 해도 대수술로 사경을 넘은 직후인데도 휠체어에 팔순의 노구를 싣고 아들과 함께 찾아와 우리를 감동시켰다.

석별의 아쉬움을 나누는 fare well 만찬 석상에서도 정이 넘쳤다.
언어가 다른 두 이방인이 팔순과 구순을 넘기도록 변함없는 우정을 과시하는 귀한 인연에 가슴이 뭉클해졌다.
"40년 우정을 가족들이 자손대대로 이어가자", "매년 교차방문을 통해 우정의 명맥을 잇도록 하자"는 두 분의 선언도 나머지 가족들 가슴에 깊이 새겨졌다.
그러면서 비로소 깨달음이 왔다.
아버지가 서툰 영어로도 미국인 친구를 사귈 수 있었던 건 다름 아닌 '진심의 힘' 때문이었다는 걸.

내게도 우정을 오래 간직하자는 다짐을 나누던 이방인 친구가 없었던 건 아니었다. 그런데 지금 이 순간 떠오르는 얼굴이 없었다.
아버지보다 훨씬 수월한 소통능력을 가지고 있었으면서도 뜨겁게 가슴을 열 수 있는 친구 하나 남겨두지 않은 현실이 부끄러웠다.
더불어 당신의 인생을 결코 헛되이 보내시지 않은 아버지께 절로 고개가 숙여졌다.

마음 열기

명절이 세대 간 대화 단절로 갈수록 삭막해진다는 걱정이 넘치고 있다. 실제 명절 때마다 가족 간 반목이 돌이킬 수 없는 사건 사고로 이어지는 경우가 허다하다. 가족구성원의 경험이 다양해지면서 초래된 변화에 그 원인이 있다는 생각이다. 세대 간 수직적 통제가 가능했던 과거와는 달리 가족경영이 급속한 민주화(?) 과정을 거치면서 약화된 탓이 크다.

어른들은 어른 세대에 대한 최소한의 예의도 없고 '어른 말씀'을 경청할 의지를 보이지 않는 젊은 세대가 못마땅하다. 반면 젊은이들은 개인적 특성이 고려되지 않은 어른들의 일방적 '압박'이 비합리적이라는 불만이다.

우리 집도 비슷한 풍경이다. 조상, 국가, 민족을 화두로 한 아버지의 말씀이 점점 더 장대한 스케일로 반복되면서 가족공동체보다는 개인적 영역을 중시하는 아이들과의 간극을 벌리고 있는 양상이다. 그럴 때마다 아이들에게 '할아버지께서 말씀하시면 일단 알겠다고 수긍하라'고 타이르지만 별 효험을 얻는 것 같지는 않다.

그러다 설날 아침 본가에 들렀다가 해법을 찾았다. 거실에 걸려 있는 동양화(故 김학수 화백께서 부모님 결혼선물로 그려주신 작품) 2점에 얽힌 내력에 대해 아버지와 대화를 나누면서다. 그 잠깐 동안의 소통은 순식간에 세월의 간극을 좁혀버렸다. 수십 년 동안 모르고 있던 사실을 내게 일깨우면서 대화의 위력을 절감시켰다.

아버지 설명에 따르면 소나무에 두 마리 학이 앉아 있는 작품은 멀리서 보면 화면 전체가 사람 얼굴 형상인데 그림 속 '祝' 자와 더불어 '결혼을 축하한다'는 작가의 의중이 담겨 있다.

또 하나는 대한민국 지형을 무궁화로 장식한 작품인데 인연이 없을 뻔했다. 아버지께서 정신없이 대구에서 서울로 이주하는 와중에 미처 그림을 챙기지 못하셨다고 한다. 그러다 나중에 그림의 행방을 묻는 김 화백께 이실직고했더니 '너무 급해서 흡족하지 않는데 정성껏 그림을 그려주라는 뜻인가 보다'라며 똑같은 그림을 다시 그려주셔서 소장하게 됐다는 이야기다.

수십 년 동안 무덤덤하게 지나치던 그림이 갑자기 애틋해지는 기분이었다. 무엇보다 그동안 아버지와 대화를 많이 했다고 생각했는데 아직도 모르는 게 많은 현실이 놀라웠다. 그 와중에 아이들에게 해줄 말을 챙겼다.
"아버지 마음을 읽기 위해 조금만 더 인내하고 노력해 보렴. 그러면 조만간 귀가 열리고 마음이 열린단다. 그러면 가족의 놀라운 역사와 은밀한 비밀을 통해 이 세상을 살아가는 지혜를 얻게 될 거야."

나를 앞으로 나아가게 하는 그 무엇

얼마 전 찾아뵀을 때도 예외 없이 아버지는 당신의 레퍼토리를 펼치셨다. 이번에도 할아버지 함자를 둘러싼 집안 내력으로 운을 떼셨다. 아버지 말씀에 따르면 할아버지는 일제 치하에서 독립운동을 하셨다.

만주 일대를 돌면서 독립자금을 모아야 하는 임무 때문에 '홍 재자 경자' 본명을 갖고도 이를 사용할 수 없었다. 그 시절 독립운동가들의 사정이 다 그랬듯, 매번 다른 이름을 써야 했고 정상적인 가정생활은 엄두도 내지 못했다. 우리 집안이 통일된 돌림자를 갖지 못하게 된 배경에 나라 잃은 통한이 서려 있는 셈이다.

식민지배 민족으로서의 고통은 아버지에게도 예외가 아니었다. 아버지의 손톱과 발톱은 본래의 형체를 잃고 일그러져 있다. 일제 치하에서 대나무 꼬챙이로 당한 고문의 흔적이라고 하신다. 언제 다시 보여줄 수 있을지 모르겠다며 당신의 손톱과 발톱을 내미시는 아버지의 모습에 비장함이 묻어났다. 고문자가 일본인이 아닌 한국인이었기 때문에 더 고통스러웠다고 당시를 술회하는 아버지의 목소리가 떨렸다.

그런데 해방이 되고 보니 그런 자들이 경찰이 되고 총경이 되고 서장이 되어 출세가도를 달리는 기막힌 현실이 펼쳐지더란다. 일제 잔재 청산이 제대로 이뤄지지 않은 탓이었다.

"일본은 절대 호락호락한 상대가 아니다. 여전히 식민 지배 야욕에 대한 미련을 버리지 못하는 그들이다. 지금 일본이 우리 시도 지자체와 결연을 맺어 우의를 나누는 것처럼 보이지만, 일제 시대와 마찬가지로 아니 임진왜란과 마찬가지로 대한민국을 속속들이 연구하면서 다시 침투할 시기만 노리고 있다.
한시도 일본에 대한 경계를 늦추지 말고
내 나라 지키는 일에 최선을 다하라.
독립운동가의 후손으로서의 마음가짐을 흐트러뜨려서는 안 된다.
특히 아베를 나쁜 놈이라고 욕하지 마라.
아베는 확신범이다.
자기 생각을 진실이라고 믿고 실천에 옮기고 있음을 알아야 한다."

늘상 들어오던 아버지의 당부가 유난히 더 장엄하게 가슴에 와 닿았다.

부모님 회혼(回婚)에 부쳐

"사랑합니다."
부모님을 떠올릴 때마다 애틋한 사랑의 고백이 절로 되뇌어지는 건 나만의 경험이 아닐 것이다. 화수분처럼 쏟아주신 사랑에는 감히 견줄 수 없지만 부모님을 생각하면 늘 가슴이 뜨거워진다. 깊어진 주름살로 환치된 부모님의 고단한 삶이 자식들에 대한 헌신으로부터 비롯됐음을 알기 때문이다.

부모의 이름을 가둔 천형의 굴레가 이리도 가혹한 줄은 처음엔 몰랐다. 특히나 정치하는 자식을 둔 죄로 언제나 바늘방석을 감내하시던 내 부모님의 마음고생은 남달랐을 것이다. 그래도 언제나 내색 없이 헌신과 사랑으로 뒷바라지에 전념하시던 세상 최고의 가치를 애면글면 눈에 밟히는 자식들을 품고 나서야 비로소 볼 수 있게 됐다. 아이들에게도 고백한 바 있지만 나는 도저히 부모님의 사랑을 따라잡을 수 없을 것 같다. 부모님이 내게 주신 것처럼 내 아이들에게 해줄 자신이 없다.

한없이 투박하고 무뚝뚝하기만 하셨던 아버지.

세상의 모든 두려움으로부터 듬직한 방패막이를 자처하며 가족을 지켜낸, 완벽한 '남자'였고 '가장'이셨다. 좌중을 휘어잡던 카리스마, 도저히 뛰어넘을 수 없는 산 같은 존재감은 어디로 갔을까. 그 모습 그대로 영원할 줄 알았는데 어느새 구순을 넘긴 노인이시라니 인생이 무상하다.

하지만 인생의 고비마다 툭툭 던져주신 아버지의 가르침들은 지금도 내 삶에 영향을 미치는 자양분이 되어 있다. 특히 십여 년 전(여당 수뇌부가 움직인 정황 등으로 정치적 탄압이라고 확신하고 있는) 사건에 휘말려 시달릴 당시, 내 방을 찾으신 아버지의 모습은 내 마음속에 화석이 되어 박혀 있다.

그때 아버지는 "일제 치하에서도 떳떳하게 살아온 내가 치욕을 당하게 될지도 모르겠다"고 비장한 표정을 지으시더니 "학교에 관한 어떤 허물이라도 너는 책임질 이유가 하나도 없다. 네가 여기서 혹여 아버지와 학교를 위한답시고 경솔하게 행동하는 일이 있다면 그것이 최고의 불효라는 사실을 잊지 말아라" 당부하셨다.

그러면서 "너는 나를 위해 죽을 수 없지만 나는 너를 위해 죽을 수 있다. 아마 지구상에 유일하게 너를 위해 죽을 수 있는 사람이 바로 나일 것이다"고 덧붙이시는 아버지를 붙들고 뜨거운 눈물을 흘리던 기억이 생생하다.

통 큰 후원과 넘치는 에너지로 세상을 열어주시는 어머니.

무릎이 해질 때까지 아들의 성공을 위해 기도하시는 어머니의 그 정성을 생각하면 눈물이 난다. 어떤 상황에서든 아들에 대한 희망의 끈을 놓은 적이 없는 무한 믿음 공급으로 내 기를 살려주신다.

어린 날 어쩌다 동네에서 딱지와 구슬을 다 털리고 세상 사는 재미를 다 잃은 듯 처져 있으면 당시로선 상당한 거금을 선뜻 쥐어 주시며 재도전을 권면하셨다. 이번에 안 되면 다음에 하면 된다는 말씀도 빼놓지 않으셨다.

중학교 시험에 낙방하고 비실거릴 때도 "그깟 일에 기죽을 필요 없다. 너는 꿈(태몽)이 좋아 뭔가 꼭 될 거다"라며 배포를 심어주셨다. 엄하기만 하던 아버지 앞에서 주눅이라도 들어 있을라 치면 한없는 자애로움으로 토닥이며 감싸주시던 기억도 난다.

오늘날 세상사를 좀 더 느긋한 관대함으로 기다리거나 관조할 줄 알게 된 건 순전히 어머니 덕분이다. 살아가면서 어려움에 봉착하는 순간마다 어머니를 간절히 떠올리는 것만으로도 '출구'를 찾은 경험이 적지 않은데 이 역시 연관성이 있지 않을까 싶다.

그런 부모님들이 벌써 회혼을 앞두고 계시다. 결혼해서 함께하신 세월이 60년이라니, 두 분의 인연이 참으로 복되다는 생각이다. 무엇보다 이런 부모님을 모신 우리에게도 크나큰 행운이 아닐 수 없다. 다만 구순을 넘기거나 구순을 앞둔, 적지 않은 두 분의 연세를 생각하니 가슴 한쪽이 아릿해진다. 부모님을 더잘 모셔야 하는 장남으로서도 그 소임을 제대로 못하고 있다는 자괴감이 앞선다. 특히 정치일선에 나와 있는 아들 때문에 늘 노심초사하시니 송구한 마음이크다.

당신들의 헌신이 아니었다면

저희들의 오늘은 결코 존재할 수 없었음을 고백합니다.

사랑합니다.

사랑합니다.

고민

아무리 고민해도 좀처럼 해결책이 나오지 않는 와중에
문득 문구 하나가 떠올랐다.
'근본으로 돌아가자.'

Back To the Basic

과거 미국에서 박사 논문을 쓸 때 도저히 헤쳐 나오기 불가능한 상황이 되면
나는 지도 교수에게 SOS를 치곤했다.
그때마다 교수가 나에게 준 키워드가 바로 이 'BTB'였다.
모든 췌사를 덜어내고 뼈대만 가지고 다시 시작하는 방법으로
논문 작성 과정에 무척 유용하게 쓰였던,
궁지에 몰린 내게 탈출구를 제공해주던 '비법'의 문구다.

경제 위기에 이 'BTB' 개념을 도입하면 어떨까?
번 것보다는 덜 쓰고 저축을 늘리는 근본을 찾아 돌아가는 일.
국가도 회사도 개인도 성실히 땀 흘려 일하고
주변의 모든 것을 아껴 쓰고 저축하는 습관으로 마음을 합한다면
경제적 위기도 타개할 수 있지 않을까?

꿈

지난날을 돌이켜보면 유난히 여기저기 기웃거림이 많은 인생이었다. 때로는 방황으로 때로는 태업의 형태로 종횡무진했던 삶의 궤적이 어지럽다. 초등학교, 중학교를 옮겨 다닌 횟수만 해도 거의 난민 수준이고, 미국으로 유학 가서도 하버드와 스탠퍼드를 오가며 전공을 고민했으니 무슨 설명이 필요하랴. 정황을 모르고 이력을 들여다보면 목표 없이 비척거린 인생으로 낙인찍기 딱 좋을 만큼 좌고우면이 유난했다.

하지만 분명히 해둘 것이 있다. 그 과정은 특유의 호기심 많은 개인적 특성을 다스리기 위한 통과의례일 뿐이라는 사실이다. 그렇지 않고서는 어린 날부터 일관되게 내 의식을 지배해 온 꿈의 존재가 여전히 내 삶을 견인하고 있는 현실을 설명할 도리가 없다.

실제로 내게는 오랫동안 그려온, 정치를 통해 만들어내고 싶은 세상 풍경이 있다. 이를 평생 기도 제목 삼아 달려온 세월이 어언 반백 년이니 신념이 굳은살로 단단해진지 오래다. 그 소망 때문에 쉴 새 없이 몰아치는 삶의 장벽을 헤쳐 나올 수 있었다 해도 과언이 아니다. 무엇에 관심을 갖든 어디에 소속이 되어 있든 결코 그 궁리를 멈춘 적이 없다. 정치적 유불리에 따라 내 자신을 함부로 궁굴리지 않았던 것도 꿈의 완성도를 높이고 싶은 나름의 순정 때문이었다. 그렇게 소중히 오래 가꿔온 꿈이 있기에 나는 언제나 꼿꼿할 수 있었다.

그리고 마침내 여명을 코앞에 두고 있게 됐다.
그 기적을 조금은 설레고 또 긴장된 마음으로 지켜보고 있다.
'신앙의 자유와 공산 박해를 피해 삶의 터전을 포기한 실향민의 아들로 살면서 소외된 이들과의 교감을 위해 끊임없이 노력했고, 그 어떤 역경에도 결코 굴복하지 않는 모습으로 자신의 꿈을 위해 평생을 매진했던 사람'
인생이 끝날 때 내 이름 앞에 남기고 싶은 평가다.
시련이나 도전을 마다하지 않고
삶의 동력 삼아 지금까지 달려온 이유이기도 하다.
그러면서 생각한다.
평생을 천착한 구호 치고는 지나치게 소박한 게 아닐까, 라고.

山은 스승이다

요즈음 산에도 뿌연 먼지가 많이 끼는 것은 환경오염 탓일까?
늘 분주한 가운데 잠시의 여유가 주어졌다는 사실을 알아채는 순간
내 발길은 여지없이 산을 향한다.
틈만 나면 산을 찾고 싶은 욕구는 거의 본능적으로 작동하는 것 같다.
이번 목적지는 도봉산 자운봉이다.
내 전생은 아무래도 산과 깊은 인연이 있었던 것 같다.
그렇지 않고서야 어떻게 이 '맹목적인 이끌림'을 설명할 수 있으랴.
포근하게 맞아주는 산에 다가서는 순간의 감흥이 나를 설레게 한다.

자운봉 정상에 오르면서 자연이 가르쳐주는
'인생강론'을 가슴에 담으며 산행을 이어간다.
건강뿐 아니라 삶의 지혜까지 더불어 챙기게 되는 것이다.
산 정상에 올라갈수록
키 큰 나무 대신 작거나 키를 한껏 낮춰 구부러진 나무들이 눈에 많이 띈다.
단순히 키만 작은 게 아니다.
잔뿌리가 바위를 감싸며 달라붙거나
때로는 바위를 뚫고 파고들 만큼 깊은 생명력을 발휘하고 있다.
정상의 거친 풍상을 이겨내고
나름대로 살아남기 위해 동원된 나무의 고육책이
결과적으로 나무를 강하게 만들어 준 것이다.

역경과 고난이 오히려 호기가 될 수도 있는 삶의 이치가 이와 같을까?
지금껏 인간을 만물의 영장이라는 생각에 동의해왔다.
그러나 이를 수정해야겠다는 생각이 들게 만든 풍경 하나가
산을 오르던 내 시야에 들어왔다.
산중의 깎아지른 암벽을 타고 달리는 다람쥐를 발견한 것이다.
다람쥐가 인간보다 나은 능력을 보여주는 현장이었다.

문득 이런 생각이 들었다.
능수능란하게 암벽 타기를 해내고 있는 저 다람쥐를
과연 하찮은 미물로 규정하는 게 맞는 일일까?
또 암벽 앞에서 선뜻 덤벼들 엄두조차 못 내고
속수무책 바라보고만 있는 인간을
무슨 근거로 만물의 영장이라고 자처할 수 있는 건가.
그렇다면 진짜 만물의 영장은 인간일까, 다람쥐일까?

혼자 산에 오른다고 해도
실상은 혼자 해내는 일이 아니라는 사실을 깨달았다.
등산을 하다보면 어려운 국면마다
적재적소에 도움의 손길이 준비되어 있는 것을 보게 된다.
무심히 박힌 철심 하나,
아무렇게나 내걸린 듯한 짧은 길이의 밧줄 하나가
산을 찾는 이들의 파트너가 되어
등반의 위험성을 최소화시켜주는 조력자 역할을 톡톡히 해내고 있다.
심지어 이렇게 준비된 손길의 도움 없이는
목적지에 도착하는 일이 불가능한 경우가 생길 정도로 중요한 장치다.

우리의 삶에서도 이와 유사한 이치가 적용되는 게 맞는 것 같다.
누군가 자신의 목표를 달성하는데 있어
독자적인 노력만으로 뜻을 이루는 일은 거의 없다고 본다.
다른 사람의 협력이 정말 중요하다는 뜻일 게다.
동시에 '산속에서 만나면 제일 반가운 대상이 사람이지만
반면에 가장 무서운 것도 사람이라는 사실'도 내 주위를 환기시킨다.

무슨 일을 하든지 자신에 대한 과신을 줄이고 사람을 두려워할 줄 아는,
겸허한 마음으로 출발하자는 다짐을 가슴에 새긴다.

여행 찬가

여행의 이벤트는 무엇보다도 일상으로부터 합법적으로 일탈할 수 있는 명분을 갖게 되는 일이 아닐까 싶다. 일탈이 가져온 환경의 변화는 그동안 매너리즘에 빠져 폐쇄된 오감을 자유로이 열어주고 세상을 새롭게 바라보는 시야를 제공하기도 한다. 또 여행 중 만나게 되는 자연은 위대한 치유력을 발휘, 방전 직전의 기진한 인간을 소생시키고 희망을 불어넣는 에너지 공급원이 된다.

그러나 이와는 별도로 여행에 대해 나만의 관점을 얘기할 수 있다면 나는 주저 없이 '고독'과 '불규칙적인 상황'으로 인한 시너지 효과를 강점으로 꼽고 싶다. 고독은 사색을 통해 인간의 깊이를 심화시켜 저마다의 삶에 충실하게 만들고, 불규칙은 다양한 자극으로 하여금 삶의 한계를 뛰어넘게 하는 발판을 마련한다.

일반적으로 '고독'을 우려의 시선으로 바라보지만 나는 생각이 다르다. 사색의 강도가 집중된다는 건 자신을 성찰하고 진단할 수 있는 기회를 통해 인간의 자아를 성숙하게 만들 수 있는 기회를 갖게 되는 것이다. 또 다른 나를 찾아 명상하는 그 시간들이 이해되는 순간 우리의 삶은 한 단계 업그레이드되는 국면을 맞게 되는 것이 아닐는지. 특히 자기 성찰을 통해 남의 입장을 헤아릴 수 있는 여지를 가질 수 있는 기대효과만으로도 고독은 양지의 정서가 될 수 있다.

우리가 여행에서 건져낼 수 있는 또 다른 강점인 '불규칙성'은 중요한 의미를 담고 있는 거대한 에너지원이다. 일상을 탈피하는 순간 우리는 변화의 소용돌이로 빨려들게 된다. 경계선마다 달라지는 시간의 기준 탓에 밤낮이 뒤바뀌기도 하는 예측 불가한 돌발상황이야말로 여행이 우리에게 안겨주는 또 다른 묘미다. 이 같은 불규칙성은 그동안 일정한 규격의 틀 속에 갇혀 있던 밋밋한 질서의식을 충돌질해서 상상력을 자극하는 단초가 되고 창조의 산실로 안내하는 길잡이가 되기도 한다.

역발상의 새로운 시각은 우리의 의식에 무한대의 자유를 허용한다. 새로운 각도로 사물을 판단하다보면 나와는 다른 삶의 형태를 보면서 역지사지의 위치에서 열린 사고가 가능해지기 때문이다. '생각의 자유'는 여행에서 불규칙을 통해 우리가 얻을 수 있는 의미 있는 매력 중 하나다. 일정한 룰에 의해 통제되는 환경에서는 도저히 얻을 수 없는 무한대의 에너지 같은 것 말이다.

기다림에 대하여

성공한 사람과 보통 사람의 차이는 결국 '상황을 바라보는 관점'에 있는 것 같다.
성공한 사람은 실패를 경험하고도 자신을 실패자로 간주하지 않은 반면
보통 사람은 쌓아둔 실패의 기억에 매몰되는 바람에
스스로 거둔 성공을 지워버린다고 한다.

여기에 또 하나 보탠다면 '관중의 기다림'을 꼽고 싶다.
믿음을 주고 격려하는 기다림이야말로
성공을 견인하는 힘의 원천이라고 생각한다.

모짜르트도 처음부터 음악의 신동이었던 건 아니다.
모짜르트의 〈피가로의 결혼〉이
'너무 시끄럽다'거나 '지나치게 음표를 많이 사용했다'는
혹평을 받았다는 사실은 지금으로선 상상도 못할 일이다.

고흐도 마찬가지다.
지금은 세계적인 천재 화가로
경매가 최고의 기록을 갱신할 정도의 대접을 받고 있지만
생전의 그는 화랑의 점원으로 일하다
실연과 신경과민으로 자살로 생을 마감한 불행한 사람이었다.

선수로 하여금 자신의 베스트를 뽑아낼 수 있게 하는
가장 강력한 특효약은 '기다림'이다.
좀 더 담담하게 긴 안목으로 완급을 조절하는 성숙한 의식으로
어깨를 툭툭 쳐주며 '기다린다'고 말해 줄 수 있는 여유로움을 갖자.

꿈의 선물

지난밤 내 꿈의 주인공은 하나님과 천수를 다한 느낌을 주는 백발의 노인이었다. 꿈은 100세 정도 되어 보이는 노인이 스무 살 청춘으로 되돌려달라며 하나님께 매달리는 기이한 장면에서 시작됐다.

노인은 최고의 재벌 명망가로서의 탄탄한 입지와 훌륭하게 장성한 자식들 등 인생의 모든 면에서 완벽한 성공을 거둔 입장이었지만 단, 죽음이 임박해 있는 상황이었다. 그래서 하나님께 '스무 살 청춘'을 돌려달라고 간청하는 중이었다. "그렇게 되면 모든 것을 다 잃게 된다. 여태까지 쌓았던 모든 게 사라지고 대신 집도 절도 없는 걸인의 신세가 될 것이다. 그러니 그만 포기해라."

하나님의 경고에도 불구하고 노인은 모든 걸 버리고 청춘을 택했다.
노인이 미래의 운명에 동의를 표하는 순간 하나님이 사라지면서 그 자신은 길바닥에 드러누운 스무 살 청춘의 걸인 형상이 됐다. 지나가던 행인들은 여기서 자면 어떻게 하냐면서 그를 발길로 찼다. 냄새나고 더럽다며 침을 뱉었다. 그러나 행인의 발길질에도 불구하고 젊은 걸인은 연신 싱글벙글이었다.
그 어떤 모욕도 그의 행복을 방해할 수 없는 듯했다.

(꿈속에서) 나의 등장은 지금부터다.

걸인이 나를 상대로 이야기를 시작했기 때문이다.

"행복하다. 내 전부를 투자해서 얻은 이 젊음이 너무나 소중하다. 부자가 되고 명성을 쌓는 건 더 이상 삶의 목표가 될 수 없다. 이런 것들은 그 노하우를 알고 있는 한 언제든지 얼마든지 다시 만들어낼 수 있는 것들이다. 결국 숨 쉴 수 있고 사지를 움직일 수 있는 젊음이 있다면 이 세상 모든 걸 다 가진 것과 마찬가지다. 단지 사람들이 이 같은 사실을 인식하지 못하고 있을 뿐이다."

이상이 지난밤 내가 꾼 꿈의 전부다.

꿈속에서 걸인이 내게 전한 메시지는 여전히 깊은 울림으로 남아있다.

꿈은 내게 인생에서 가장 중요한 것은 기회에 대한 깨달음이고, 기회를 알아보는 안목이라는 사실을 알려주고 있는 것 같다. 인생의 중요한 기회를 놓치지 말라는 일종의 경고음 같은 것 말이다.

그 메시지는 안개에 가려져 모든 게 불투명하게 보이던 것들을 확실하게 했다.

모든 해답은 결국 내 안에 있다는 사실을 깨닫게 해줬기 때문이다.

세상에서 집착하는 명예와 권력 그리고 부는 그다지 중요한 일이 아니라는 것, 소중한 가치 하나만으로도 부록으로 따라오게 만들 수 있다는 인생의 비밀을 가르쳐준 셈이다.

그래서일까?

지금 삶에 주어진 가능성에 대한 확신과 이를 더 발전시키겠다는 의욕이 부쩍 커져 있다는 느낌이다.

꿈이 내게 준 선물인 것 같다.

하얀 천지

신의 축복
인간을 용서한 하얀 눈
경이로움과 아름다움의 예술

돌
나무
오솔길
전보상대
모든 지붕
도봉산 봉우리
너와 나의 마음속

골고루 편안하게
행복하고 자연스럽게
우리 모두의 마음을 열게 하고
놀라운 그리고 고마운 세상
오늘 살아 신의 메신저 만나나니
두 손을 높이 들고, 목소리를 크게 올려
인생을 사랑하기를
세상을 사랑하기를

STORY THREE

鐘

경제민주화를 위한 고민 Ⅰ

시장조율에 맡겨야 할 사항을 정부가 공권력으로 개입하면 경제적 약자까지 피해를 보게 된다는 우려가 관심을 끌었다. 복지재원조달은 세무조사 강화보다는 세재개선 접근을 통하는 것이 바람직하다는 주장도 마찬가지였다. 세금신설이나 세율 인상 없이 지하경제 양성화를 통해 복지재원을 충당하려면 세무조사 강화에 의존할 수밖에 없는데 그 효과가 일회성에 그칠 뿐 아니라 부작용도 크다는 게 이유였다. 실제 막상 세무조사가 강화되면 대기업 등 규모가 큰 불법행위들은 잠적해버리거나 자영업자 탈세만 포착되고 민생경제 위축으로 직결되는 어려움이 있다.

개인적으로 경제민주화 컨셉에는 동의한다. 하지만 수순 정도는 몰라도 대한민국이 세계 1등 국가로 도약하기 위한 결정적 수단까지는 될 수 없다. 경제민주화가 대한민국을 세계 정상에 올릴 수 있는 최고의 상책은 아니라는 뜻이다.

그렇다면 경제민주화를 위한 최고의 상책은 무엇인가. 빌 게이츠 등 미국의 부자들이 자기 재산의 95% 이상을 기꺼이 사회에 내놓는 것처럼 우리도 그런 분위기를 조성하면 된다. 그렇게 하면 미국 부자들이 사회적으로 존경받는 인사가 되는 것처럼 우리 부자들도 존경받는 인물군에 속할 수 있다.

미국과 우리나라의 부자에 대한 국민 인식이 극명하게 엇갈리는 이유는 딱 한 가지다. 미국 부자는 자기 재산을 사유화하지 않고 공적 개념으로 풀어나가는 반면, 대한민국 부자는 재산의 사유화와 대물림을 위해 수단과 방법을 안 가리고 집착한다.

공익을 위해 사유재산을 쾌척한 당사자에게는 이 아무개 도로, 김 아무개 병원, 박 아무개 학교 하는 식의 명명으로 그 처신을 명예롭게 하고 그 후손에 대해서도 기본적으로 특별한 대우를 받을 수 있는 길을 열어놓는 방법도 있다. 본인(후손)이 원하면 일자리 혜택도 배려하는 등 유공자 후손과 같은 혜택을 주는 사회적 장치도 이들의 참여를 높이는 한 방편이 될 수 있다.

거기에 더해 협력하고 나누는 과정을 통해 가치를 찾고, 오랫동안 안정적으로 유지될 수 있는 사회적 협의체로 확신시키는 게 중요하다. 가진 사람의 것을 뺏거나, 숨거나, 도망가거나 또는 색출하는 등 전쟁 형태의 경제민주화는 사회적 화합을 끌어내지 못할 뿐 아니라, 많은 이들에게 나라를 속이고 자신을 속이는 것이 현명한 처세라고 오판하게 만들 수도 있다.

경제민주화를 위한 고민 II

햇볕정책을 벤치마킹하는 것도 한 방안이다. 물론 대북정책에서의 햇볕정책은 두 번의 서해교전과 핵실험 등의 결과로 더 이상 논할 가치조차 없어져버린 현실을 모르지 않는다. 하지만 경제민주화에서의 햇볕정책은 또 다른 실리와 명분을 창출할 수 있다.

일단 규제보다는 여건의 합리적 개선을 통해 자발적 납세를 늘리면 좋은 결과를 기대할 수 있다. 자발적 납세 기업이나 개인에게 인센티브 혜택을 부여하는 방식 등으로 반대급부를 명확히 규정하면 강압적 납세 강요보다는 긍정적 요인이 늘어날 것이다. 실제 세수가 증대되면 자금 유동성이 좋아지고 시중에 돈이 풀리게 된다. 또 세금 납부에 있어 절세나 감세 측면에서 기득권 계층보다 상대적으로 열세였던 하층민의 불만이나 피해의식도 상당 부분 해소될 수 있다.

갈 길 멀고 험한 경제민주화 과정에서 완벽하게 모든 이의 구미에 맞는 대응책은 없다. 더구나 지금 같은 분위기에서 참고 기다리라고 국민을 설득하기도 힘든 상황이다. 그렇다고 손 놓고 있을 순 없기에 고육지책으로 내놓은 제안이니 함께 고민해 보기를.

우리 안의 적

한반도 평화를 위한 대화와 협상, 물론 필요하다. 그러나 매번 북한의 벼랑 끝 전술에 이리저리 휘둘리는 모습은 답이 아니다. 무엇보다 그네들의 자존심을 위해 우리들 체면이나 자존심은 아무렇게나 해도 괜찮다는 의미인지 반문하지 않을 수 없다.

그동안의 남북 타협의 역사를 돌아볼 때 어이가 없다. 매번 원하는 게 있을 때마다 무력 도발 위협으로 떼를 썼다. 결국 오늘날 북한의 철없는 핵 놀음을 가능하게 한 것도 북한이 생떼를 쓸 때마다 '달래고 퍼준' 결과다.

언제까지 북한의 몰염치한 행각에 코 꿰어서 끌려다녀야 하는가. 이제는 바뀌어야 한다. 월남의 운명을 가르던 순간을 생각하자. 잠깐의 방심으로 대한민국을 더 이상 지도상에 존재하지 않는 나라로 만들 수도 있는, 냉엄한 표본이 거기 있다.

내게 북핵 해법을 구한다면

최근 미국과 일본을 다녀왔다.

덕분에 일본에서는 한일의원연맹 소속 국회의원들과, 마침 선거 시즌인 미국에서는 주미대사를 비롯한 백안관 주변 인사를 만나 국제정서를 귀동냥할 수 있었는데 생각보다 심각한 우리의 현실을 직시하는 기회가 됐다.

양국의 정서를 대표한다고 볼 순 없지만 그들은 이구동성, 대한민국 좌경화와 한미일 공조 파기 가능성을 우려했다. 우리와 북한이 민족성을 앞세워 억지로 뭉친들 문제 해결에 도움이 될 수 있겠느냐는 게 대체적인 그들의 판단이었다. 심지어 일본의 모 의원은 "대한민국의 우선순위가 민족이냐, 한미일 공존이냐"면서 "생각이 다르면 차라리 다른 체제로 사는 게 낫다"고 까지 단언해 모골이 송연해지게 했다.

특히 과연 무엇이 한반도 평화를 여는 길이 될 수 있을까에 대해 진지한 고민을 시작하게 만들었다.

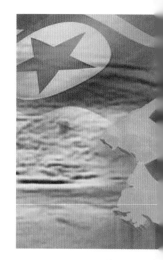

모든 주변국들이 우리와 이해관계를 달리하고 있는 이 시점에서 믿을 건 스스로 밖에 없는 현실을 새삼 절감했다.

북한의 경우 같은 민족임에 틀림없지만 아직은 넘어야 할 장벽이 많은 상대다. 떨어져 지냈던 세월의 간극만큼 생각의 차이가 너무 크고 체제가 다른 현실 역시 녹록치 않다.

그렇다고 고립을 자처할 수도 없는 노릇, 외교관계에 기대는 게 그나마 나은 선택이 되지 않을까 싶다.

따라서 당분간은 북핵문제도 한미일 공조를 바탕으로 한 힘의 논리에 방점을 둬야 한다는 생각이다. 최소한 북한이 더 이상 핵만으로는 체제를 유지할 수 없다는 결론을 내릴 때까지 어려워도 긴장관계에 대한 부담을 감수하자는 말이다.

한 밤의 다짐

한 밤 문득 잠이 깨어 북미정상회담 이후 한반도를 중심으로 급격한 소용돌이에 휘말려드는 국제 정세를 생각한다.

회담 결과에 대해 백가쟁명식 분석이 쏟아지고 우리 정부도 이런 저런 계획으로 들떠있는 모습이지만 그다지 녹록한 상황은 아니다.

무엇보다 현재 우리가 받아든 평화카드가 후불제라는 점이 마음에 걸린다.

그것도 북한의 선의에 기댄 평화라니.

태생적 한계가 분명히 드러난 여건 속에서 미래의 불확실한 속성이 불안의 강도를 높이는 형국이다.

트럼프 대통령의 호언장담에도 불구하고 10년, 아니 100년 이후의 대한민국 미래를 위한 옳은 결정인지 장담할 수 없는 이유다.

진정성이 결여된 북의 전술 앞에서 우리의 희망이 허망하게 무너진 경험은 반복된 역사를 통해 익히 알려진 바 있다.

북한이, 중국이, 일본이, 급기야 미국까지도 대한민국을 상대로 나서고 있는 지금이야말로 그 상황이 아닌가 싶다.

그나마 시대를 관통하는 안목과 인내로 위기 국면을 넘겨볼 수 있다지만 또 다른 승점은 꿈도 꾸지 못할 지경이니 못내 걱정스럽다.

일본의 빛과 그림자

|

일본 극우 정치인들의 후한무치한 도발행태가 '점입가경'이다. 총리를 필두로 내로라하는 정치인들이 경쟁이라도 하듯 막말을 쏟아내니 하는 말이다. A급 전범 위패가 있는 야스쿠니 신사와 미국의 알링턴 국립묘지가 동급이라는 말도 서슴지 않고 하는 그들은 일본 전역에 한국인 매춘부가 우글거린다는 비하발언으로 우리 가슴에 치명적인 대못 하나를 박아놓았다.

문제 해결의 키는 국력이 쥐고 있는 셈이다.
그러기 위해선 우선 참아야 한다.
참으면서 가슴에 피멍을 들이는 이 굴욕을 결코 후대에 물려주지 않겠다는
의지를 뜨겁게 다져야 한다.

일본은 물론 전 세계가
대한민국 위세에 눌려 감히 말도 못 꺼내는 그 순간이 올 때까지
국력을 위해 뭉쳐야 한다.
그것이 지금 우리가 선택할 수 있는 가장 바람직한 자세다.

II

'never give up Japan'

아베 신정부는 이 구호로 패전 이후 최대의 총체적 위기에 빠진 일본사회를 독려하고 있었다.

절박감에도 불구하고 경제 최강국이었던 옛 영화를 되찾으려는 국민적 에너지가 뜨겁게 감지되는 문구 속에 회생하는 일본이 보였다.

무엇보다도 일본 교육계를 중심으로 일고 있는 토요일 수업 부활 움직임이 놀라웠다. 국가의 근간을 재생시킬 수 있는 크나큰 에너지가 거기 있었다. 정부 차원에서 검토 중이라니 조만간 '주6일 수업'이 시행될 것 같다는 분위기다. 토요일 수업이 필요하다고 목청을 높이는 내 입장에서 보면 마냥 부러운 모습이 아닐 수 없다.

어려운 가운데 교육을 통해 해법을 찾고자 하는 이런 의지들이야말로 일본의 저력이라고 생각하니 갑자기 숙연해지는 기분이었다.

백년전쟁 유감

지난 대선을 앞두고 공개된 다큐멘터리 영상물 〈백년전쟁〉으로 촉발된 역사논쟁은 위험천만했다. 오로지 '친일'과 '반일', '독립'과 '자주'의 이분법적 사고로 난도질하고 있으니 오죽할까 싶다. 무엇보다 오류투성이 영상물에 의한 사회적 선동이 자행되고 있다는 점에서 우려가 클 수밖에 없다.
〈백년전쟁〉영상에 '찍힌' 우리나라 전직 대통령들은 천하에 없는 파렴치범이고 패륜아다. 주장에 대한 합당한 근거는 물론 명확한 논리도 없이 우김질이니 어처구니가 없다.

이승만 전 대통령은 임시정부 자금을 빼돌려 사치를 즐긴 인간 말종, 국토 분단의 주역 그리고 친일반역이다. 그것도 모자라 어린 제자를 상대로 불륜을 저지르거나 하버드 박사학위 과정이 석연찮다고 압박한다.

박정희 전 대통령에게도 다르지 않은 대접이다. 경제부흥 업적은 오로지 미국의 경제 지배로 얻은 수혜의 결과이자, 미국 정부의 비판과 수정 과정에 힘입어 도입된 수출 위주 경제시스템 덕을 본 것일 뿐이라고 이죽거린다. 심지어 별명이 '스네이크 박'이었다며 화면 가득 박 전 대통령 얼굴과 뱀 머리를 나란히 배치해 전직 대통령을 욕보이고자 안간힘을 쓰는 조악함은 안쓰럽기까지 하다.

그래도 우리가 할 일은 크게 없다. 고작 히틀러의 괴벨스가 울고 갈 만큼 현란한 조작술에 혀를 내두르며 놀라는 게 전부이지 싶다.
물론 대한민국 건립 이후, 극단적 이념대립을 이루는 구도하에 근본적인 시각 차이가 공존할 수밖에 없는 현실을 모르지 않는다. 격동의 소용돌이를 뚫고 반세기 만에 세계적인 경제대국으로 우뚝 섰다는 자부심이나 그 성공의 과정이 출발부터 많은 문제를 안고 있었다는 자기성찰 모두, 역사를 바라보는데 있어 빼놓을 수 없는 관점이기도 하다.

그렇더라도 이번 〈백년전쟁〉의 왜곡 행보는 확실히 도를 넘었다는 생각이다. 아무리 진영논리가 중하고 각각의 신념이 다르다 해도 역사는 사실에 기초해야 하는 명제만큼은 저버려서는 안 된다. 그런데도 무책임한 모습이니 어쩔까 싶다. 실제로 영상 곳곳에서 오류를 지적받아도 끄떡없다.

이승만 전 대통령에 대한 박사학위 관련 공격만 해도 억지의 극치다. 프린스턴 대학 박사과정에 있으면서 어떻게 하버드 석사학위가 가능했느냐는 타박인데 개방적으로 운영되는 미국의 석박사 통합 시스템을 몰라서 하는 소리다. 특히 1910년 프린스턴 대학에서 박사학위를 받은 '미국의 영향을 받는 영세중립론 (Neutrality as influenced by the United States)'은 지금까지도 각국의 학생들이 참고하고 인용하는 우수논문인데 말이다.

선거 때마다 단골 메뉴로 활용되던 아니면 말고 식의 흑색선전이 역사 다큐멘터리 영역까지 파고든 현실이 경악스럽다. 특히 젊은 층이 왜곡된 역사다큐멘터리에 현혹돼 진실이라고 믿고 있으니 큰일이다. 국사 교육이 선택과목으로 전락되어 제대로 된 국사 교육, 근현대사 교육을 받지 못하게 된 원인이 크다. 국사를 선택과목으로 방치하고 있는 교육현장을 한시라도 빨리 제자리로 잡을 수 있어야겠다.

그런데 국사 교육 못지않게 시급한 현안이 더 있다. 해외 문화재 환수를 위한 노력이 그것이다. 최근 절도범에 의해 우리나라로 밀반입된 관세음보살좌상 환수문제가 논란을 빚고 있는데 우리 문화재도 타국을 떠돌고 있는 경우가 한둘이 아니다.
그러나 국제적으로는 문화재를 원래의 생산국에 되돌려줘야 한다는 원칙이 확립되어 있지 않다. 특히 일본은 한일협정으로 모든 청구권이 소멸됐다고 주장하고 있는 터다. 결국 정치권 및 종교계, 역사학계의 노력 여하에 달려 있는 셈이다.

후손들을 위해 조상들이 남긴 역사와 문화재를 지켜내는 일은 그 무엇보다 심오한 가치가 아닐까 싶다. 그것이 현재를 살아가는 우리들의 기본적인 의무이자 가장 아름다운 책무라는데 이의를 달 사람도 없을 것이다. 하여 공연한 이념대립으로 에너지를 소진하기보다 미래세대를 위한 '역사 지킴이'를 자처하기로 마음을 다잡아 본다.

이제는 대한민국 세계화다

이제는 대한민국 그 자체를 한류로 만드는 게 중요하다는 생각에 부쩍 마음이 조급해지는 요즈음이다. 개인적으로 세계 태권도 무대에 공을 들이기 시작한 것도 이와 무관하지 않다.

평소 한류의 원조 격인 태권도야말로 '대한민국 한류화' 실현에 있어 가장 적합한 파트너라고 생각해왔고, 조만간 그 생각들을 실현시키고 싶은 욕구도 강하다. 세계 무대에서 지금의 태권도 위상이 세워지기까지 노고를 아끼지 않았던 선배들의 노력에 감사드린다.

지구촌 곳곳에서 태권도를 알리기 위한 그들의 노고가 없었다면 태권도 종주국으로서의 지금의 위상은 결코 쉽지 않았을 것이다. 늘 겸허한 마음으로 그 힘든 수고를 기려야 할 이유다.

한국의 빌 게이츠들

반복되는 과정에서 거듭되는 실패를 수용하고, 특히 성실한 실패에 대해 너그러운 사회만이 '인재'를 소유할 자격이 있다. 그런 노력 없이 그 무언가를 기대한다는 건 하늘에서 감 떨어지길 기다리는 어리석음과 다르지 않다.

분명한 것은 우리에게도 무수한 빌 게이츠가 있다는 사실이다. 그 우수한 인재들을 '발굴'보다는 '양성'에 초점을 맞춰 재목으로 만들어내자. 그렇게 대한민국 재창조의 첫걸음을 시작해보자는 이야기다.

김종훈 파동

'김종훈 파동'은 유학 시절, 미국 차이나타운에서 만난 중국인의 푸념을 새삼 떠올리게 한다. 한국에서 중국집을 운영했었다는 그는 대부분의 중국인들이 세계 곳곳에서 성공한 화교로 자리 잡는데 유독 자신만큼은 실패했다며 한국 사회의 배타주의를 성토했었다.

결국 시대착오적 징고이즘이 문제라는 생각이다. 세계 경영을 부르짖으면서 성공신화의 주인공이었던 김종훈을 미국으로 떠나보내는 우리 사회의 이중적 사고체계. 특히 모든 국가가 촘촘히 얽힌 시장경제를 바탕으로 국경 없이 살고 있는 이 시대에 말이다.

인재들에게 문을 열지 않는 한 대한민국의 미래는 없다. 마음의 문을 열지 못해 인재를 놓치는 일이 다시 되풀이되지 않도록 교훈으로 아프게 새겨야 할 대목이다.

열린 사고

미국 사회의 열린 사고는 우리가 귀감으로 삼아야 할 선례를 많이 남기고 있다. 부시 정부 당시 국가기관 위원 선임을 위해 스티브 잡스를 검증하는 과정에서의 일이다. 알려져 있다시피 그다지 모범적이지 않았던 스티브 잡스에 대한 평판이 좋게 나올 리 없었을 것이다. 실제로 마약 복용과 친딸 양육 외면, 회사 직원을 함부로 대한 독선과 아집, 나쁜 학과 성적에 이르기까지 그를 우호적으로 봐줄 수 있는 사안은 없었다. 보고서가 스티브 잡스의 나쁜 평판을 근거로 부적절하다는 결론을 내리는 건 당연했다.

그러나 예상과 달리 부시 대통령은 그를 선임했고 결과적으로도 좋은 선택이 됐다. 과거에 대한 평판보다는 현재의 실력을 중시하는 미국 사회 특유의 열린 안목이 스티브 잡스를 긍정적으로 인정하고 받아들인 효과를 얻은 것이다.

용기

영원히 미완의 영역을 벗어날 수 없는 인간의 한계를 우리는 알고 있다. 그런 인간이 실수와 오류투성이인 것은 너무나 당연하다. 부족함에 있어서 누구도 예외가 아니라는 생각이다.

그럼에도 지금 사람들 앞에 나서서 일할 수 있게 해달라고 열심히 청하고 있는 내 모습은 뭘까, 돌아보게 된다. 생각해보니 누구보다 더 잘났다고 생각해서라기보다 내 자신이 완벽하진 않지만 정치 현장에 내놓으면 제법 쓸 만한 장점이 많다고 스스로를 믿고 있는 요인이 더 크게 작용했다. 최소한 국가와 민족을 위해 좋은 도구가 될 수 있다는 자신감이 나로 하여금 사람들 앞에 나설 용기를 부추기고 있다는 생각이다.

이제 자본주의의 이름으로 행해지던 독식의 성찬은 끝났다.

대한민국이 세계 10위권 부국이 되기까지는 스포트라이트를 받았던 이들의 역할만 있었던 게 아니다. 야구에서 기량이 뛰어난 타자 한 사람만의 힘으로 시합을 승리로 이끄는 게 아닌 정황과 같다. 아무리 능력 있는 CEO라도 진정성 있는 뒷받침 없이는 아무것도 할 수 없다. 그것이 현실이다.

삼성이든 현대든 재벌기업의 놀라운 성공은 수많은 하도급 업체와 그 종사자들의 헌신이 있었기에 가능했다는 사실을 결코 잊어서는 안 된다. 그들에게도 기업 총수 못지않게 갈채를 보낼 수 있는 사회적 분위기가 필요하다. 나날이 그 수를 늘리고 있는 노숙자나 치솟는 실업률 문제가 피할 수 없는 현실이 된 점을 감안하면 더욱 그렇다. 양극화 현상과 부의 편중으로 인한 사회적 갈등 역시 임계점에 이르렀다.

우선은 불공정의 굴레부터 벗어던질 일이다. 그리고 승자의 독식을 거부하는 자발적 분위기가 조성되어야 할 것이다.

"국민을 바라보고 국민을 두려워하는 정치를 하세요. 과거의 오류에 옭아매기보다 어떻게 극복하고 승화시킬 수 있었는지 그 과정에 포인트를 맞춰보세요. 특히 잘나고 빛나는 이력보다는 포기와 좌절을 딛고 새로운 메시아적 이정표 창출로 스스로의 길을 얼마나 열어나갈 수 있었는지, 불굴의 투지에 대해 더 많이 이야기해보세요."

공포의 외인구단

인재는 결국 리더의 지휘 능력에 달려 있다는 생각이다. 신뢰를 바탕으로 결점은 최소화하고 강점을 부각시키려는 리더의 의도에 충실한 것만으로도 강력한 인재로의 양성화가 가능하다.

만화가 이현세 씨의 성공작 《공포의 외인구단》은 리더의 뛰어난 용병술이 얼마나 중요한 역할인지를 보여준 작품이다. 낙오자로 버려진 사람들이 좋은 리더를 만나 천하무적 외인구단 용병으로 거듭나는 만화의 내용을 기억하는 이들이 많을 것이다. 누구보다 흠 많은 그들이어서, 삶의 벼랑 끝에 몰린 절박감에 빠져봤던 그들이어서 외인구단 용병으로의 변신이 더 가능하지 않았을까 싶다.

중요한 것은 그들의 기적이 단순한 만화 속 허구가 아니라는 사실이다. 우리 일상에서도 얼마든지 가능하다는 걸 그동안의 경험으로 확신하고 있다. 나 자신, 참으로 오랫동안 그런 리더가 될 수 있기를 염원해 온 이유이기도 하다.

무엇이 먼저인가

지역구 출신 정치인이라면 국가와 지역의 이해관계를 놓고 고민하게 되는 경험을 모르지 않을 것이다. 특히나 이제 막 정치를 시작한 경우라면 그 선택이 용이하지 않은 현실을 절감하게 될 때가 많으리라 짐작한다.

정치적 선택에서 국익을 우선시해야 하는 건 너무도 당연하지만 지역구 표심에서 자유롭지 않은 현실적 한계가 주는 압박 또한 녹록지 않음이다. 이를테면 각 지자체마다 빚에 시달리면서도 문화시설이나 체육시설에 과잉, 중복 투자를 멈추지 않는 현상 등을 그 비슷한 맥락으로 해석할 수 있겠다.

그러나 조금이라도 정치적 입지를 구축하게 되면서부터는 사적 이해관계보다 광의의 목적과 가치 기준에 무게를 두게 된다. 일종의 책무 의식이랄까, 정치적 자존감이 작동되는 효과일 것이다.

선공후사

기황양(祁黃洋)은 춘추시대 진(晉)나라 때 인물로
평소 공명정대한 일처리로 칭송이 자자했다.
왕이 현령 자리에 적합한 인물을 천거해달라고 하자,
원수지간이던 해호(解狐)를 추천한 일화는 후세에 깊은 감동으로 전해지고 있다.
왕이 현령 자리의 적임자를 물었지,
자신과 원수지간인 인물을 물었던 게 아니라며
사사로운 정을 개입하지 않았던 그의 '선공후사' 정신이야말로
오늘날 정치 근간에 필요한 핵심 가치가 아닐까 싶다.

'정반합'의 역사

최근 대선판에서 주가를 올리고 있는 반기문 유엔사무총장을 보며 일찍이 역사는 정반합으로 변증된다고 주장한 헤겔의 통찰력에 감탄하고 있다. 이는 전현직 대통령의 리더십 비교를 통해서도 입증이 가능하다. 시대정신에 따라 요구되는 대통령 리더십의 유형이 달라지고 있다는 걸 확실히 감지할 수 있다.

헤겔의 정반합 이론이 고스란히 맞아떨어지는 것이다. 이명박 정부 당시 다소 많이 동원된 편법과 융통성 등에 대해 국민적 아쉬움이 있었던 게 사실이다. 그런 측면에서 지난 대선에서 강철 같은 의지와 단호함, 그리고 불굴의 투지 등 박 대통령 특유의 리더십이 어필된 데는 전임인 이명박 대통령과 무관하지 않다는 생각이다.

그리고 시간이 흘렀다. 이제는 그 어떤 불의와도 타협의 여지를 주지 않던 박 대통령의 신념이 시대정신이 던진 화두에 직면해 있는 모습을 보고 있다. 소통, 통합, 유연함을 요구하는 국민들의 목소리가 점차 커지기 시작한 것이다. 그리고 이 요구를 감당할 수 있는 대체제로 반기문 총장이 지목되는 분위기다.

실제 한국 정치와 거리를 두고 있던 그가 대한민국 대선판의 중심인물로 떠오르고 있다. 박근혜 대통령이 정의와 자유를 수호하고 나라를 반석 위에 올려 기초를 튼튼히 하도록 노력했다면, 지금부터는 세계로 뻗어나가는 대한민국 외교역량에 역점을 두겠다는 시대적 요청이 반 총장을 불러들인 것 같다.

35년 전 하버드 교정에서 외교부 재직 중 유학을 온 반 총장을 처음 만났다. 그는 그때도 특유의 온화함으로 후배들을 사랑으로 감싸며 한국 학생의 표상으로서의 존재감을 발휘하던 사람이었다. 무엇보다 자기 일에 최선을 다하는 모습이 인상적이었다.

당시 Harvard Yard에 소규모 은행 하나가 있었는데 만국기가 걸려 있었다. 그런데 그 만국기 대열에 태극기가 빠져 있다는 사실을 알게 되었다. 반 총장이 은행 측에 시정을 요구했지만 마땅한 태극기가 없어 해결이 불가하다는 답변이 돌아왔다. 이후 반 총장은 대사관은 물론 한국 사회 전체를 다 뒤진 끝에 태극기를 찾아내 만국기 대열에 합류시키는 뚝심을 보여줬다. 10여 년 나이차가 있는 내게 결과를 보고한다며 자신의 전리품을 자랑하던 그의 모습이 눈에 선하다.

기대와 우려가 교차되는 심정으로 한국 정치 입문을 앞두고 있는 반 총장을 지켜보게 된다. 분명한 건 그의 앞길에 비단길만 놓이게 되지는 않을 것이란 사실이다. 생각보다 훨씬 거친 통과의례가 그를 검증하고 또 검증할 것이다. 다만 그의 등장만으로 한국 정치가 한 단계 업그레이드 됐다고 확신하기에 여전히 희망을 노래하고 있다. 그의 장도를 빈다.

가을 나그네

노란 은행
노오란 깊어 샛노랑
빨간 단풍
빠알간 깊어 샛빨강
파란 하늘
파아란 깊어 샛파랑
하얀 구름
하아얀 깊어 샛하양

가을의 길목 지키고 서니
허겁지겁 호흡만 가빠지고
세월의 길목 버텨보니
이리저리 주름만 깊어지네

기우는 만추
만산홍엽 안타깝고
기세난 바람
당찬 너울 고삐 풀고
구르는 낙엽
홀홀단신 서글프고
초로의 사내
휑한 가슴 허무하고

차마 돌아보지 못해도
낡은 바바리 탓할소냐
깃 세우고 휘파람 불며
가던 걸음 재촉하네

자유도 자유 나름

일찍이 아담 스미스는 자신의 저서 《국부론》을 통해 개인이나 기업가의 자유로운 경제활동을 설파했다. 개인의 이기적인 사익추구 보장이 보이지 않는 손의 조정을 거쳐 부의 극대화는 물론 양질의 상품제공 기반으로 연결된다는 그의 이론은 꽤 오랫동안 지존의 지위를 유지해왔다.

그러나 오늘날 시장경제 현실을 보면 반드시 그렇지 않다는 생각이다. 공정한 규칙을 외면하고 과도하게 사적 이익만 추구한 시장의 자유가 어떤 문제점을 초래하게 되는지를 명백하게 보여주고 있다.
자율에만 의존하기엔 지나치게 불평등한 시장구조가 마음에 걸린다. 불평등한 구조가 부의 양극화 현상을 초래하고 있는 문제점이 눈에 들어온다. 결과적으로 그가 주장한 '자유'는 무분별한 사욕추구의 장이 아니라, 창의경영과 사회적 책임이 전제된 의미였던 셈이다.

개인적으로 자유로운 시장경제 체제를 주장하고 있다. 정당한 부라면 적극적으로 인정해야 하고, 더 나아가 국제 경쟁력을 위해서라도 어느 정도 부의 집중화를 막는다는 것은 현실적으로 어렵다.
그러나 이른 바 1%계층이 누리는 엄청난 부의 집중화 현상을 보면서 99%를 향해 그냥 참고 노력하고 기다리라고 하는 건 많이 잔인하다. 좀 더 허리띠를 졸라매라고 요구하기엔 그들이 처한 어두움의 실체를 외면하기 어렵다.

자유도 자유 나름이다.

생사여탈권

권력의 무게중심이 미래 권력으로 옮겨가고 있는 정황을 가장 확실히 보여주는 존재가 바로 살생부다. 그중 붓끝 하나로 정적을 제거하고 계유정난의 종결자로 등극한 한명회의 것은 살생부의 백미(?)로 꼽을 만하다. 실제 사극 흥행의 감초 역할을 비롯 유명세를 타는 역사적 소재이기도 하다. 수양의 왕권 찬탈을 돕기 위한 한명회의 음모로 수많은 충신들이 영문도 모르고 비명횡사했다. 부지불식간의 일이었다. 그들의 아픈 운명에서 냉혹의 극치를 이루는 살생부의 본질을 보게 되는 것 같다.

그 살생부가 또다시 논란의 중심에서 여의도 정가를 흔들며 많은 이들을 떨게 하고 있다. 드디어 때가 돌아왔구나 싶기도 하다. 선거 때면 여야 가리지 않고 출몰하는 단골메뉴가 된 지 오래지만 그때마다 소요가 큰 걸 보면 권력에 초연해지지 못하는 인간의 한계를 엿볼 수 있는 대목이다.

이름을 달리한다면 살생부의 존재에도 나름의 의미가 없지 않다. 한명회처럼 처음 한두 사람의 기획으로 정국운영의 그림이 나오면 팀플레이의 완성도를 높이기 위한 사전 정지 작업의 차원에서의 순기능이 있다. 선 스케줄이나 당의 구조로 봐서 철학과 가치관의 정리가 불가피한 현실은 여야 마찬가지라는 생각이다. 언제나 그런 식으로 대한민국 정치 지형이 짜여져 왔다는 건 불문가지다. 그것이 살생부가 됐건 정국운영의 기초 틀이 됐건 진정성이 전제돼야 한다는 건 물론이다.

현재까지 드러난 각 당의 공천 관련 움직임을 보면 국민경선의 범주를 넓히는 등 쇄신과 개혁을 위한 노력의 기미가 엿보인다. 지금까지 국민 앞에서 다짐한 각 정당의 각오로만 본다면 최소한의 기본 양식만 있으면 누구든지 공천 작업에 참여할 수 있지 않을까 기대감이 생기기도 한다. 공천심사위원은 물론 공천심사위원장으로 활동해도 공정하고 선명한 경선이 가능하리라는 생각이 든다.

그러나 조금 더 깊은 이면의 정치 현실은 '낭만은 금물'이라는 경고사인을 주고 있다. 어떤 형태로든 살생부가 존재하게 될 것이라는 결론이다. 다만 살생부를 기획하는 주체가 선한 철인일 것인가, 악한 독재자일 것인가에 따라 달라질 여파를 주시할 수밖에 없을 것 같다.

여의도에 나갔다가 살생부 문건을 봤다. 수도권 의원들이 명단의 대부분을 차지하고 있는 터라 아는 이름들이 많았다. 개인적인 소회를 밝히자면 70% 정도는 현실과 동떨어지지 않은 내용이라는 판단이다. 특히 본선에서 실패할 확률까지 감안한다면 신뢰도가 훨씬 높아진다. 살생부 범주가 공천에 국한되지 않고 당선을 선거의 완성으로 보는 시각에서는 더욱 그렇다는 결론이다.

'누군가의 공작이다, 친박이 친이 진영을, 친이가 친박 진영을 음해하려는 의도다, 오래전 작성됐다. 누군가 상상력으로 장난했다' 등등 공천 살생부를 둘러싼 갖가지 설이 난무하지만 결국은 추론에 불과하다. 분명한 것은 이번 공천 살생부 역시 선거 때면 늘 이런저런 형태로 모습을 드러냈다가 부질없이 소멸됐던 음모의 일환이라는 사실이다. 일희일비하는 자체가 부질없다는 생각이다.

아직도 현실을 깨닫지 못하고 공천권을 내려놓지 못하는 무지몽매한 탐욕에 갇혀 있는 정치권이 문제다. 오랜 경고에도 불구하고 자멸의 길을 걷고 있는 사람들의 발길이 어지럽다.

공천의 진정한 주인은 국민이다.
국민이 만든 살생부가 정치권의 생사여탈을 좌우하는 게 진정한 정치다.
좋건 싫건 바람직하건 바람직하지 못하건
국민의 본뜻이 충실하게 옮겨지는 진정한 대의정치 현장에서
미력하나마 내 역할을 할 수 있기를 꿈꾸며...

미완이 혁명을 부른다

자기 자신에 대한 무력감과 더 나아가 이 세상에 어떤 영향력도 끼칠 수 없다는 우리 젊은이들의 좌절감이 생각보다 심각한 지경에 이르렀다. 주역이기보다는 주변인으로 살 수밖에 없다는 체념과 분노가 그들의 생산적 에너지를 비틀어 악순환의 고리를 자처하는 위기 상황이었다. 그렇게 잘못 형성된 에너지가 젊은이들을 어렵지 않은 혁명가로 선동하고 있었다.

그것이 적나라한 현실이었다. 얼마든지 우리 사회를 긍정적으로 발전시키고 이끌어갈 수 있는 가능성에도 불구하고, 단편적이고 순간적인 스포트라이트나 자기만족에 그치는 것으로 스스로의 가치를 하락시키는 젊은이들의 현실이 너무나 안타까웠다.

우리가 처해 있는 상황 자체가 문제인 것이다. 지금 이 상황에서 나라가 됐든 정권이 됐든 사회가 됐든 젊은이들을 혁명가로 내모는 출구전략은 위험하다. 그런 모호한 기운들이 사회 곳곳에 포진해서 힘을 쓸 수 있는 자체가 불행이 아닐 수 없다. 그런 점에서 혁명은 나약하고 문약한 기회주의나 패배주의의 또 다른 이름이 될 수 있다.

어떤 사회든 젊은이의 균형 잡힌 가치관은 집단의 건재함을 담보할 수 있는 주요 바로미터다. 그런 점에서 젊은이들을 지독한 냉소주의나 방관주의로 내모는 형태는 바람직하지 않다. 그들에게 건전한 가치관을 바탕으로 한 자신감을 심어줄 수 있는 의도적인 사회적 합의와 노력이 절실한 시점이다.

극단은 미완과 상통하고
미완은 혁명을 부른다.

무엇보다 젊은이들이 사회에 대한 책임의식을 갖고
이 사회를 이끌어나갈 수 있도록
긍정의 동력으로 밀어주고 보완해주는 것이
기성세대 본연의 역할이라는 사실을 명심해야겠다.

허풍과 진풍

어려운 시기지만 힘들고 막막하다고 해서 어깨를 늘어뜨리고 패배의식에 젖어 있는 건 금물이다. 차라리 허풍이라도 좋으니 야망을 갖자.

코시카의 촌놈 나폴레옹에게 허풍처럼 보이는 야망이 없었다면 오늘날의 그가 과연 존재할 수 있었을까? 너무나 힘들어하는 젊은이들을 바라보노라면 안타 깝기 짝이 없다. 만나는 젊은이들마다 꿈꿀 자유마저 오그라들고 뭉그러져서 입도 못 떼는 형국이 되고 말았다. 가슴 아프고 미안한 일이다.

주변을 보면 남녀노소 불문하고 너나 할 것 없이 모두가 어려운 시기다. 시대적 상황 탓만 하고 있기엔 직접적으로 연루된 인생의 낭비가 걱정스럽다. 이런 때 일수록 당당히 어깨를 펴고 상상력과 자신의 달란트를 최대치로 동원해서 꿈을 키우는 열정이 필요하다. 그렇게 보면 허풍과 진풍은 한통속이 될 수도 있다. 계 획적인 진실이 담겨 있는 허풍은 진풍으로 등극될 가능성이 많다는 의미에서 긍정적이다.

지레 포기하지 말자.
미리 짐작으로 못 넘을 벽이라고 포기하지 말자.
상상의 나래와 꿈으로 현재의 삶을 위로하고 견인해나가자.

이 말은 젊은이들뿐만이 아니라 지천명을 넘겨 날개를 빼앗긴 내 주변 친구들에게도 전하고 싶은 말이다. 한때 잘나가던 그들이 '명퇴, 사오정, 오륙도'라는 미명하에 아웃사이더 처지로 전락해버리는 모습 역시 안타깝기 짝이 없다.

하지만 고령화 사회에서의 자기 역할에 대한 대비도 아직 남은 과제인 만큼 모든 게 끝난 게 아니라는 현실을 직시하길 바란다. 소중한 인생을 단순한 잉여의 시간들로 흘러가게 두어서야 되겠는가.

대한민국의 5만불 시대, 청년실업 제로, 노인복지천국 실현 등
희망의 단어들을 붙잡자.
당분간은 허풍이라도 좋으니
조만간 이 모든 것들이 이뤄질 수 있다고 큰소리도 쳐보자.

깨워진 새벽

놀란 새벽은 늙어버린 나를 불러 세우고
서산에 기울어진 짙 노오란 달은 뭐라 소리치네
끊임없이 이어진 철도길은 하나이고 아니 둘이고
발끝에 걸리는 잔돌들 또한 한 아우성 하네

새벽은 나에게 묻고
나는 새벽이 야속한데
착각착각 시계소리 새벽소리

너를 바라보는 나의 시선은 뒤엉키고
너에게 인도한 내 몸은 천근만근인데
태고 적 숨겼던 탯줄을 찾는 고아의 심정으로
눈을 부릅뜨고 있으나 난감할 뿐이로소이다.

이 새벽 나를 낱낱이 고하려 하나
야속한 새벽은 들으려 하려는지
뎅뎅뎅뎅 괘종소리 무심키는 눈물 키고

헨델의 메시아도 사라방드도
품지 못한 내 마음
이 어려움을 어찌 또 이어갈꼬.
어두움만 탓하누나

고이 가소서
고이 가소서
통곡소리 마주치지 말고
이 이이 새벽이여
고이 가소서

길에서 길을 보다

얼마 전부터 특별히 운동할 시간을 따로 내지 못하는 날이면 체력 단련 차 학교 뒤에 있는 동산을 찾고 있다. 부담 없이 운동하기에 딱 좋은 놀이터 같은 곳이다. 170m 남짓 되는 정상을 고지 삼아 1시간여 내달리다보면 적당한 땀과 함께 상쾌한 기분도 덤으로 얻을 수 있다. 한걸음에 산을 뛰어오르며 아직은 쓸 만한 다리의 힘과 체력을 확인하는 재미도 제법 쏠쏠하다.

그런데 뒷동산 운동 과정에서 나를 곤혹스럽게 하는 순간이 있다. 한참을 신나게 내리 달리다 마주치게 되는 두 갈림길 앞에서의 갈등이 그것이다. 어느 쪽이든 두 길 중 하나를 선택해야 하는 상황 말이다.

그때마다 벌써 몇 번째 거듭되는 실패에도 불구하고 항상 똑같은 길을 선택해 왔다. 나머지 길은 입구부터 험하기도 하거니와 몇 걸음 저쪽에 낭떠러지가 있는 것처럼 보여 갈 마음이 들지 않았기 때문이다.

그러나 내가 선택한 길은 번번이 기대와 믿음을 배반하고 산중에서 헤매게 만들곤 했다. 가고자 하는 곳으로 안내해 줄 것이란 믿음으로 택한 길이 종국에는 가시덤불이 덮인 급경사로 나를 내몰았던 것이다. 그럼에도 불구하고 연거푸 같은 길만 고집하는 나는 또 무슨 심사인지.

오늘도 두 갈림길 앞에서 잠시 고민을 하다가 이번에는 지금까지와는 다르게 한 번도 선택하지 않았던 다른 길로 들어섰다. 서너 걸음을 떼면서부터 이 길이 아닐 것 같다는 불안이 발목을 잡았지만 '에이 이왕에 버린 몸' 하면서 계속 진군을 결정하고 가다 보니 웬걸 멀쩡하게 길이 나 있는 게 아닌가.

그동안 잘못된 선입견 때문에 가야 할 길을 외면했던 어리석음을 깨닫게 된 순간이었다. 한참을 그렇게 내달리다 보니 드디어 눈앞에 내가 찾고자 하는 길과 연결되는 길목이 나타났다.

그동안 히말라야 산도 아니고 고작 집 뒤에 있는 작은 동산에 불과한 이곳에서 길을 잃고 엉뚱한 곳에서 헤맸던 이유가 도무지 납득되지 않았다. 가던 길을 멈추고 오던 길을 이리저리 돌아보고 산세를 자세히 둘러보아도 어째서 이 길목이 이곳에 있는 건지, 그동안 왜 나는 계속 이 길을 제대로 파악조차 해보지 않고 갈 수 없는 길로 낙인을 찍고 있었던 건지 알 수 없었다. 솔직히 말하자면 어이가 없다는 생각마저 들었다.

그러다 모든 문제는 내 마음속 고정관념에서 기인했다는 결론에 도달했다. 산 중 두 갈림길의 운명을 가야 할 길과 가지 말아야 할 길로 미리 자리매김해 버린 탓이었다. 그렇다면 반복되는 실패에도 불구하고 늘 똑같은 길을 고집했던 이유에 대한 설명이 될 것 같았다. 막연히 눈앞에 보이는 현상만으로 갈 수 없는 길로 낙인을 찍는 바람에 제대로 평가될 기회조차 갖지 못했던 '나머지 길'에게 정말 미안했다.

사막에서 길을 잃게 되는 이유도 이와 같은 배경이라고 한다. 맞다고 확신하고 있는 길이 오히려 엉뚱한 곳으로 인도하고, 잘못됐다고 판단되는 길은 겁이 나서 선택하지 못하고 망설이다가 결국 자포자기를 해버린다.

오늘의 경험으로 잘못된 신념이나 확신이 인간을 파멸의 깊은 나락으로 떨어지게 만들 수도 있다는 걸 알게 됐다. 나 역시 예외는 아닐 것이라는 생각에 비슷한 오류는 없는지 긴장을 늦추지 말아야겠다고 마음을 다잡았다.

뛰지 말고 날아 가자

살펴보면 국가마다 절대적인 강점이 보인다.

이제 막 자본주의에 눈을 뜬 중국의 경우 돈 되는 일이라면 수단과 방법을 가리지 않는 사회적 분위기가 형성되어 있다. 약간의 우려 요인을 제거한다면 13억이라는 거대한 인구는 엄청난 가능성을 실현시킬 자원이 될 수 있다.

일본 역시 만만치 않다. 세계 서열 3위인 경제대국으로 이미 지도자의 반열에 올라가 있는 데다가 동양권에서 미국에게 가장 높은 점수를 받고 있는 나라이기도 하다. 미국이 리더십을 이양하는 시점이 된다면 모르긴 몰라도 다음 후계자로 가장 신뢰하고 있는 나라는 일본이 아닐까 싶다.

그렇다면 우리 대한민국은 어떤가. 대한민국의 지정학적 위치와 역사적 배경을 잘 살펴보면 우리의 가능성을 실현시킬 수 있는 틈새가 있다. 그것이 우리의 강점이 될 수 있다.

얼마 전 중국 사람을 만나 대화하던 중 한국인, 일본인, 중국인 세 사람이 물에 빠졌을 경우 누구부터 구할 것이냐는 질문에 대한 반응에서도 틈새전략을 찾을 수 있다.

─중국안: 중국인, 한국인, 일본인 순서로 구하겠다.

─홍문종: 한국인, 그리고 상황에 따라 순서가 바뀐다.

같은 상황에서 일본인의 선택이 궁금했다. 아직 일본인으로부터 답을 듣지 못했지만 아마도 '일본, 한국, 중국'의 순서가 될 것 같다. 우리를 더 좋아해서가 아니라 중국을 더 경계하는 마음 때문에 그런 결과가 나올 것이라는 내 추측에 많은 이들이 동의할 것이다.

바로 이 같은 정황이 각국의 경쟁구도에서 우리가 헤게모니를 쥘 수 있는 가능성인 것이다. 거기다 월드컵 당시 거리응원의 열기나 붉은 악마 등으로 대변되는 국민 에너지, 김연아 등으로 검증된 우수한 국민적 자질, 반만년 역사로 증명되는 국민의 인내심, 요즘 우리가 새로 시작한 개방의 징후(국제화 시대에 적극적으로 보조를 맞추는)를 더한다면 대한민국의 주도권 선점은 따 놓은 당상이 되지 않겠는가.

손자병법에 '싸우지 않고 적을 이기는 게 최선책'이라는 가르침이 있다. 마찬가지로 우리가 세계를 주도한다는 꿈을 꾸고 있다면 주변 국가에 대한 전략적 접근이 필요하다.

미국의 철학자 윌 듀란트는 '국가는 태어날 때는 스토아학파, 죽을 때는 에피쿠로스학파'라는 말을 남겼다. 즉 자신에게 엄격한 사람들은 국가의 기초를 놓는 업적을 남기지만, 망국 시점이 되면 그저 자신의 쾌락에 급급한 사회적 분위기가 형성된다는 뜻이다.

듀란트의 어록을 가슴에 새기고,
세계 패권 그날을 향해 뛰지 말고 날아가자.

꿈 그리고 미래

"I have a dream!"

개인적으로 연설 기회 때마다 언급하게 되는 마틴 루터 킹 목사의 이 구호는 많은 이들에게 영감을 줬다. 미국 최초의 흑인대통령 탄생에 결정적으로 기여하기도 했다. 하지만 내게는 '꿈을 꾸는 사람이 있고 그 꿈을 실현하는 사람도 있다'는 그의 또 다른 어록이 더 큰 울림으로 다가온다. 나보다 앞선 삶을 살았던 이들이 꾸었던 꿈과 다음 세대에 남길 꿈을 고민하라고 끊임없이 부추긴다.

나의 결론은 선대의 염원인 '통일'을 우리 대에서 완성하고 '21세기를 리드하는 대한민국 건설'을 다음 세대가 실행하도록 우리의 꿈으로 남기는 일이다. 남북통일이 현실로 다가온 것처럼 대한민국이 세계의 리더 국가로 자리매김하는 일도 조만간 실현될 거라 확신한다.

갈망

무엇보다 40년 전 세운 목표를 향해 한눈 팔지 않고 오롯이 달려온 나의 지난 삶이 대견스럽다. 아쉬움이 없는 건 아니지만 그 자부심이 나를 새로운 목표물을 향하게 하는 동력이 되고 있는 것도 사실이다.

다만 이순의 나이를 코앞에 두고 있는 지금, 남아 있는 시간을 초조히 세고 있는 현실은 고역이다. 앞으로 얼마나 남아있는지 모르지만 삶의 지혜를 통해 극복해야 할 과제다.

주목할 건 '최선을 다해 내 인생을 열심히 살아야겠다'는 명료한 의지가 적어도 인생의 마지막을 정리하는 순간, 지금껏 뭐하고 이렇게 초라한 뒷모습을 남기느냐는 질책은 듣지 않겠다는 갈망으로 환치되고 있다는 점이다.

그 갈망이 요즘 들어 부쩍 자극을 주고 있다.
신발끈 질끈 동여매고
미래를 향하라는 성화로
뭔가 큰일을 낼 것 같은 조짐을 부르고 있다.

후회 없는 결정을 내리는 법

"To be or not to be?"

셰익스피어 선생의 의도였는지 모르지만 결단의 시간마다 깊어지는 고뇌로 망설임이 많았던 '햄릿'은 우유부단을 대표하는 캐릭터가 됐다. 신중함에 대한 평가가 없지 않지만 갈수록 신속한 결정과 대응이 요구되는 시대적 상황에서는 아쉬움이 많은 인물상인 게 사실이다.

난데없이 햄릿을 떠올린 건 나 역시 '햄릿형'으로 변해가고 있는 것 같아서다. 결론을 내리기까지 시간이 많이 걸린다는 주변의 품평도 듣고 있는 바다. 굳이 해명하자면 사회적 위치와 연륜이 깊어지면서 아는 것과 보이는 게 늘어난 이유도 있다.

확실히 무언가를 결정하기 전 고려하는 변수가 예전보다 다양해졌다. 실제 결정 이후의 파급효과를 분석하면서 고민하다 보면 시간이 훌쩍 지나가 있다. 특히 선거를 앞두고 후보를 결정해야 하는 스트레스는 말로 다 못한다. 생각보다 훨씬 어렵고 힘들고 또 외로운 일이다.

도망가고 싶었던 때가 한두 번이 아니었다. 지난 지방선거 과정에서 나로 하여금 수없이 '만약에'를 되뇌게 했던 A의 경우를 생각한다. 당시 당 사무총장이었던 나는 개인적으로 친했던 A를 공천에서 제외시켰다. 그 결정이 나 개인과 주변의 이익과는 부합되지 않았지만, 당과 국가를 위해 불가피하다는 판단 때문이었다.

덕분에 그때의 섭섭함을 털어내지 못한 관계인들과는 아직도 서먹한 상태. 가족의 미래와 꿈까지 짓밟았다는 A가족의 절규는 지금도 내 귓가를 맴돌고 있다. 그럼에도 불구하고 그때로 돌아가 다시 결정하라면 나는 여전히 같은 선택을 할 것이다. 그만큼 잘한 선택이었다.

동병상련일까, 햄릿의 망설임이 어느 정도 이해되는 것 같다. 대통령의 통치철학을 포함한 국가의 주요 결정들을 바라보는 눈도 많이 순해졌다. 우선 당장 국민의 지지를 얻지 못해도 국가의 미래를 위해 불가피했을 결단의 순간, 밀려드는 그 고독의 무게를 알고 있기 때문인지 모른다. 추종자는 물론이고 사익까지도 철저히 배제한 그 깊은 충정의 배경을 헤아릴 수 있기 때문인지 모른다. 결국은 정치권에 몸담고 있는 한 너나없이 반복해서 겪어야 할 일이기도 하다.

더 기민하게 후회 없는 결정을 내릴 수 있도록
내공을 키우겠다는 다짐만이 유의미할 뿐이다.
다만 주어진 '내 길'을 가는 동안 여러분의 응원이 필요하다.
그저 지켜봐 주시는 눈길만으로도 불끈 힘이 날 것 같다.

오늘 내린 눈

종일 내리던 눈이
한밤중이 되어서야 그쳤습니다
온천지를 흰색으로 물들였건만
검은 밤을 완전히 걷어내지는 못했습니다

흰 눈이 어두움을 향해 호령합니다
아니 애원합니다
흰 눈이 세상을 덮었노라고
온 세상을 하얗게 물들였노라고

어두움이 흰 눈을 나무랍니다
내 세상이라고
달도 없고 별도 없으니
아직은 내 세상이라고

그러나 까아만 밤은 압니다
사실은 흰 눈도 압니다
더디 가지만 조금만 기다리면
하얀 세상이 된다는 것을

칠흑 같은 어둠을 뚫고
희끗희끗 내비치는 하얀 세상은
나름의 엄청난 아름다움입니다
환상적인 앙상블은 눈을 뗄 수 없는
치명적인 유혹입니다

하얀 눈과 까아만 밤이
그렇게 내 곁에 있습니다

국민이 답

오래전 국회의원 선거에 나선 아버지를 지켜보면서 '당선'만 되면 이 세상 모든 문제를 해결하실 수 있을 것으로 생각했다. 그러나 막상 국회의원이 되자 아버지가 할 수 있는 일은 그다지 많지 않았다. 재선 국회의원으로 마감한 당신의 정치 이력 내내 비슷한 형편이었다.

그래서 또 생각했다. 내가 국회의원이 되면 다를 거라고. 그렇게 막연하지만 스스로에 대한 기대감을 꿈으로 쌓아 올렸다. 하지만 나 자신 직접 국회의원 배지를 달고 난 이후에도 사정은 달라지지 않았다. 초선 국회의원의 의욕만으로 뛰어넘기에는 현실의 장벽이 너무 높았다. 하여, 상임위원장 정도는 되어야 한다는 명분으로 여지를 남겼다.

세월이 흐르고 흘러 드디어 상임위원장이 되었지만, 상임위원장 역시 만능열쇠가 될 수 없는 현실을 절감했다. 사안마다 이견은 어찌 그리 많은지, 저마다 내세우는 이유도 하나같이 합리적이지만 결론에 이르기가 쉽지 않다.
반드시 처리되어야 할 과제들이 이런저런 이유로 밀려 버리는 일이 비일비재한데 상황 설명조차 용이치 않은 답답함이라니. 무엇보다 국민들께 면구스러운 상황의 연속이니 몸 둘 바를 모르겠다.
급기야 마음을 고쳐먹기로 했다.

결국 '국민을 바라보는 정치가 답'이라는 결론이다.

"선한 이들의 침묵이 만든 오욕의 역사를 경계해야"

지난 2017년 3월 31일 시작된 박근혜 前대통령의 인신 구속이 740여일 째를 맞고 있고 있습니다.

그리고 2019년 4월 16일, 바로 오늘 밤 자정 박근혜 前대통령에 대한 3차 구속기간이 만료됩니다. 무엇보다 궐석 재판을 통해 확정된 2년 징역형의 카운트 다운이 시작되는 날이기도 합니다.

그런 오늘, 일찌감치 평범하고 선한 사람들의 침묵이 만든 오욕의 역사를 지적했던 밀턴 마이어의 경고를 떠올리면서 이 자리에 나섰습니다.
나치 당시 '아우슈비츠'를 묵인했던 저들의 편견이나 박근혜 前대통령을 향한 잔인한 폭력을 묵인하고 있는 대한민국 현실이나 한 치도 다를 바 없다는 자각 때문입니다.

1. 즉각 석방 조치를 통해 박근혜 前대통령에 대한 인권침해를 멈춰줄 것을 요구합니다.

우리는 문재인 정부의 청와대가 박 前대통령 2017년 10월 구속기간 만료 직전 무슨 짓을 통해 구속기간을 연장했는지 똑똑히 기억하고 있습니다.
대통령 비서실장이 직접 나서'캐비넷 서류'를 흔들어대며 세상에 없는 범죄라도 찾아낸 양 고발조치 운운하더니 박 前대통령의 구속을 연장하는 소기의 목적을 달성하고 흔적도 없이 끝내버린 그 때의 소동 말입니다.

그리고 이제 3차 구속기간이 만료되는 시점에서는 공직선거법으로 엮어 박 전 대통령의 인신 구속을 이어가려 하니 그 치졸한 처신이 그저 놀랍기만 합니다.

박 前대통령에 대한 처우는 전직 대통령 사례와 비교해서도 형평성을 잃고 있습니다.

실제 내란죄·군사반란죄·뇌물죄 등으로 1심에서 사형(최종 무기징역), 징역 22년6개월(최종 징역17년)을 각각 선고받았던 전두환-노태우 前대통령의 경우, 2년여 만에 특별사면, 석방된 전례가 있습니다(전두환 2년12일, 노태우 2년1개월)

그러나, 고령의 여성인 박 前대통령은 장기간의 구속 수감, 사상 유례 없는 재판 진행 등으로 건강상태가 우려되는 수준이고, 여기에 허리디스크, 관절염 등 각종 질환으로 인한 고통도 녹록치 않은 상태인데 이에 대한 배려가 전무한 상황입니다.

따라서 형의 집행으로 현저히 건강을 해하는 등의 사유, 기타 중대한 사유가 있는 때 검사의 지휘에 의하여 형 집행정지가 가능하도록 규정된 형사소송법 제471조에 의거,

박근혜 前대통령에 대한 '형집행정지'등 합리적인 조치를 통해 인권을 보호해 줄 것을 촉구합니다.

2. 자유한국당은 박근혜 前대통령 신변과 관련해 당파적 이해관계와 정치적 유불리를 뛰어넘는 의지를 보여줄 때입니다.

작금의 여론조사나 국민 감정은 문재인 정부에게 성난 민심의 현주소를 보여주고 있습니다. 이것은 박근혜 前대통령에 대해 보다 전향적이고 적극적으로 대처해 달라는 민심의 요구이기도 합니다.

돌이켜보면, 박 前대통령이 지난 총선 당시 선거에 개입한 혐의로 2년의 징역형을 선고 받은 부분은 이 자체도 말도 안되는 이야기이지만, 그렇다 하더라도 공천을 둘러싼 당시 상황에서 국회의원 뺏지를 달고 있는 우리 모두도 결코 자유롭다고 할 수 없습니다.

모든 책임을 박근혜 前대통령 홀로 지게 하고 이를 방기하는 것은 씻을 수 없는 정치적 오명이 불가피함을 경고하는 바입니다.

하여, 동료의원들께 고언을 드립니다.

진정으로 보수우파의 통합을 원한다면 박 前대통령의 무죄석방을 외치는 이 간절한 국민들의 절규에 한 목소리로 동참해야 합니다.

그것이 당이 존망의 위기 앞에 설 때마다 모든 것을 의탁했던 정치지도자에 대한 최소한의 도리이자 기본적인 양심의 표출이고,

더 나아가 보수우파의 통합을 실현하는 첫 걸음이 된다는 점에서 유의미한 선택이 될 것입니다.

무엇보다 '무신불립(無信不立)' 솔선수범을 통해 스스로를 신의와 정도의 정치인으로 자리매김하게 하는 이 긴요한 소명의 기회를 놓치지 말 것을 당부 드립니다.

3. 박근혜 前대통령에 대한 엉터리 탄핵을 바로잡는 무죄석방 투쟁은 계속돼야 합니다.

박근혜 前대통령 무죄석방 운동은 자유민주주의와 시장경제를 수호하고자 하는 모든 대한민국 국민이 한 마음으로 뜻을 모은 성스러운 투쟁임을 선포합니다.

대한민국의 자유민주주의 수호를 위한 우리의 선택은 이 민족의 생존과 직결된 문제입니다.
결코 포기할 수 없는 우리의 현재진행형 역사이기도 합니다.

우리는 편견이나 무지로 인해 역사의 현장을 외면했던 이들의 회한을 익히 알고 있습니다.
대한민국을 휘감고 있는 이 어두운 전횡은 박근혜 前대통령 한사람만의 고초로 끝나지 않을 수 있습니다.

그렇기 때문에 과감하게 나서야 합니다.
그렇기 때문에 목이 터져라 외쳐야 합니다.
박근혜 前대통령에 대한 탄핵은 엉터리라고, 박근혜 前대통령은 무죄석방돼야 한다고...

이 외침은 대한민국 법치를 다시 세우는 그날까지 우리 모두의 생명혼으로 계속될 것임을 믿습니다.

2019년 4월 16일

박근혜 前대통령에 대한 「형 집행정지」를 청원합니다

박근혜 前대통령께서는 2017년 3월 31일 구속 수감된 이후 현재까지 750여 일째를 맞고 있습니다.

그리고 2019년 4월 16일 자정을 기해서는 이른바 국정농단사건에 따른 3차 구속기간이 만료되었으며, 궐석 재판을 통해 확정된 2년 징역형의 수감생활이 시작되었습니다.

우리는 평범하고 선한 사람들의 침묵이 만든 오욕의 역사를 지적했던 밀턴 마이어의 경고를 떠올리면서, 나치 당시 '아우슈비츠'를 묵인했던 저들의 편견이나 박근혜 前대통령을 향한 잔인한 폭력을 묵인하고 있는 대한민국 현실이나 한 치도 다를 바 없다고 생각합니다.

박 前대통령은 만 2년을 훌쩍 넘긴 장기간의 옥고와 사상 유례 없는 재판 진행 등으로 건강상태가 우려되는 수준이고, 여기에 허리디스크, 관절염 등 각종 질환으로 인한 고통도 녹록치 않은 상태이나, 근본적인 치료가 이루어지지 않는 등 배려가 절실한 상태입니다.

박 前대통령에 대한 처우는 전직 대통령 사례와 비교해서도 형평성을 잃고 있습니다.
실제 내란죄·군사반란죄·뇌물죄 등으로 전두환 前대통령은 1심에서 사형(최종 무기징역), 노태우 前대통령은 징역 22년6개월(최종 징역17년)을 각각 선고받았으나, 2년여 만에 특별사면, 석방된 전례가 있습니다(전두환 2년12일, 노태우 2년1개월)

수감자의 인권문제와 관련, 우리 법은 최대한 수감자의 인권보호를 위한 노력을 다하도록 규정하고 있습니다.
형사소송법 제471조에 따르면, 형의 집행으로 현저히 건강을 해하는 등의 사유, 기타 중대한 사유가 있는 때에는 검사의 지휘에 의하여 형 집행정지가 가능하도록 명시하고 있습니다.

이에 따라, 박근혜 前대통령에 대한 '형집행정지'등 합리적인 조치를 통해 인권을 보호해 줄 것을 촉구합니다.

아울러, 박근혜 前대통령의 신병 치료를 위한 '형집행정지'처분에 있어서, 일체의 정략적인 고려가 없기를 당부 드립니다.

여당에서는 이 문제와 관련 '4대 석방불가론'을 주장하면서, 구치소내 의사의 건의가 아니라는 점, 형 집행정지를 할 경우 향후 재판절차에 비협조할 것이라는 점, 형집행정지에 따른 재판 차질 가능성, 국민 법 감정 등 네 가지 불가 사유를 들고 있습니다.

이것이야말로, 형집행정지 심의에 대한 정치적 압력이요, 심의결정시 정치적 판단을 하라고 가이드라인을 제시해 주는 것과 다름없습니다.

정권의 일등공신의 보석 석방, 헌법재판관 주식거래 의혹에 대해서는 국민 법감정이 적용되지 않고, 오직 힘없고 약한 전직 여성대통령에게는 가혹하리만큼 잣대를 들이대고 있습니다.

더없이 간곡한 간절함으로 호소드립니다.
거듭 '건강을 해하는 등의 사유가 있는 때' 검사의 지휘로 형 집행정지가 가능하도록 규정된 형사소송법 제471조에 따라 박 前대통령에 대한 합리적인 조치가 조속히 이루어지기를 바라며, 이 청원서를 제출합니다.

2019년 4월 24일
서울중앙지방검찰청 검사장 귀중

권력화된 전교조,
교육현장 퇴출이 마땅하다

법외노조인 전교조가 출범한 지 30년이 되었습니다.
전교조는 민노총과 더불어 우리나라 좌경화의 두 축입니다.

전교조는 1989년 창립 선언문에서 "강철같이 단결한 40만 교직원의 대열은 저 간악한 무리들의 기도를 무위로 돌려놓을 것"이라고 선동하는 등 좌파적 이념적 정체성을 분명히 하였습니다.

전교조는 출범 이후에는 주한미군 철수, 국보법 폐지, 유엔사-한미연합사 해체, 한미합동군사훈련 중단, 국가정보원-국군기무사령부 폐지, 맥아더 동상 철거를 주장하였고, 2005년 전북의 한 중학교 교사는 학생들을 빨치산 추모 행사에 데리고 가기도 하였습니다.

이러한 지금까지의 종북좌파적 행태로 볼 때, 전교조는 '노동조합'이 아니라 권력화된 '정당'입니다.

전교조의 관심은 '교육'이 아니라 '정치'입니다.

학교는 참교육의 산실, 교육현장이 아닌 정치화 투쟁조직의 장, 정치혁명의 전초기지로, 좌익 혁명전사를 길러내는 좌익혁명전사양성소가 되고 있습니다.

궁극적인 목표는 현행 교육제도를 전복하고 학교를 민중민주주의 혁명교육의 장으로 만들어 사회주의 혁명을 완성하겠다는 것입니다.

금년 들어서는 혁신학교에서 교장공모제 도입 찬반 투표 결과를 조작하는 비리가 있었습니다.

전교조와 좌파 교육감들이 2009년 도입한 혁신학교를 중심으로 전교조 출신 교장들이 대거 진출하고 있습니다.

연초에는 서울시교육청이 일선 고교에 민노총식 좌파색채가 강한 '노동인권 지도자료'를 배포하였습니다.

고등학생들의 노동인권 인식제고와 학교 노동인권교육 활성화가 본래 취지이나, 주제를 보면, '강제징용 노동자를 위한 변론서 작성', '전태일이 묻다, 2020 시그널', '파업이 가져온 변화', '비정규직이 당당한 나라', 노동인권 시네마: 〈아름다운 청년 전태일〉, 서울시 미래유산 체험: 전태일 따라 걷기 등 입니다.

분신자살한 전태일을 집중 부각하는 주제가 3건이고, 파업의 정당성을 옹호하고 파업관련 대중매체를 비판하는 주제를 포함하는 등, 사실상 고등학생들을 예비 노조원으로 만들기 위한 의식화 교육 교재라고 할 수 있습니다.

교육이라는 미명아래 어린 학생들에게 좌파 이데올로기를 심어 넣고, 전노총의 전위조직으로서 학생들을 내몰고 있는 것입니다.

반정부시위를 하다 분신자살한 노동자를 미화하고, 시장경제에 대해 삐뚤어진 인식을 강제하는 이러한 시도는 반드시 중단해야 할 것입니다.

더 이상 전교조의 좌경화 교육을 지켜볼 수만 없습니다.
우리 아이들을 걱정하는 학부모님들과 우리가 아니면 누가 막겠습니까?

우리 아이들을 더 이상 좌파의 이념선전의 도구가 되도록 버려둘 수 없으며, 학교도 더 이상 좌파 이념교육의 장으로 변질되도록 방치할 수 없습니다.

그리고, 전교조가 그렇게 학생들에게 이념교육을 가르치고 싶다면,
현재 혁신학교 교장공모제를 통해 혁신학교를 전교조 세상으로 만드는 비겁한 음모를 획책하기 보다는, 차라리 '전교조 초등학교, 전교조 중·고등학교'처럼 전교조 학교를 설립하여, 이러한 교육을 받기를 원하는 학부모와 학생들에게 학교선택권을 돌려주는 것이 맞습니다.

아울러, 전교조 선생님들에게 간곡히 부탁드립니다.
학습노동을 교시하고, 학생들에게 사회에 저항하고 투쟁하자고 부추기는 노동자의 역할에서 벗어나 '인성을 교육하는 선생님'으로 돌아와 주시기 바랍니다.

2019년 6월 12일

보수우파 통합을 저해하는 위장보수 척결해야

여러분들의 뜨거운 애국심과 자유민주주의 수호를 위한 결의는 폭염의 세종로 아스팔트를 녹이고, 좌파들의 등골을 서늘하게 할 것으로 확신합니다.

지금 대한민국에는 너도나도 보수는 뭉쳐야 한다. 내가 보수다. 라고 주장하면서, 침이 마르도록 보수를 외치고 있습니다.

제가 보기에는 진짜 대한민국을 걱정하고, 보수대통합을 열망하는 진짜 보수는 여기에 오신 단체와 우파시민들 말고는 진짜 보수는 찾기가 상당히 어렵습니다.

무늬만 보수인 가짜보수, 위장보수 정치인, 정당은 보수대통합의 진정성을 훼손하고 오히려 보수통합을 저해하는 훼방꾼 노릇을 하지나 않는지 걱정됩니다.

현재, 태극기 혁명의 심장부인 이곳 광화문을 비롯한 대한문, 동화면세점, 교보문고 등에서 여러 갈래의 태극기 세력들이 구국의 목소리를 각자 내고 있는 상황입니다.

그러나, 기본적으로 탄핵 무효, 문재인 정권은 촛불쿠데타에 의해서 권력을 찬탈한 정권으로 규탄하고 있는 점에서는 모두가 공감대를 같이 하고 계십니다.

저는 문재인 좌파정권에 맞서서 대한민국을 바로잡기 위해서는 보수우파시민들은 하나가 되어야 한다고 생각합니다.

광화문에 있는 모든 태극기 세력이 우리공화당과 함께 하나로 뭉쳐 구국의 대오를 형성하게 될 날이 다가오고 있다고 확신합니다.

오는 8월 15일 광복절 행사부터는 우리공화당과 태극기를 사랑하는 태극기 세력 모두가 하나로 뭉쳐 대한민국의 모든 태극기와 태극기를 사랑하는 사람들의 연합체의 단일대오, 단일전선을 구축했으면 하는 바램입니다.

우리공화당이 그 촉매제이자, 구심점이자, 허브역할을 하겠습니다.

차이를 넘어, 통합으로 나아갈 것입니다.
그리고 그 힘으로 내년 총선 좌파와의 싸움에서 당당히 승리를 거두고, 나아가 대통령 선거에서 보수우파의 최후의 승리로 이어갈 것입니다.

지금 대한민국은 좌파의 광기가 지배하고 있는 세상입니다.

7월초 정의당 원내대표인 윤소하 의원실에 '태극기 자결단'명의로 민주당 2중대라고 비판한 메모지와 커트칼, 죽은 새가 든 협박성 소파가 배달되어 경찰이 수사에 착수한 적이 있었습니다.

윤소하 원내대표는 극우성향이나 태극기 단체의 소행으로 보인다고 단정 짓고는 대한민국에서 벌어지는 저급한 정치 행태, 극우세력의 막말 등에는 강하게 대처해야 한다고 비난한 바 있었습니다.

메모 내용은 "윤소하, 너는 민주당 2중대 앞잡이로 문재인 좌파독재 특등 홍위병이 되어 개지랄을 떠는데 조심하라. 너는 우리 사정권에 있다. 태극기 자결단"으로 붉은색깔 펜으로 적혀 있었습니다.

어제, 7월 29일 협박 소포를 보낸 범인을 체포하였는데, 한국대학생진보연합 산하단체인 서울대학생진보연합 운영위원장인 유모씨라고 밝혀졌습니다.

한국대학생진보연합은 친북주사파 단체로 알려져 있습니다.
작년 출범한 '김정은 국무위원장 서울방문을 환영하는 백두칭송위원회'의 핵심단체로 세종문화회관 앞에서 분홍색 꽃술을 흔들며 김정은 환영행사를 열기도 했고, 나경원 의원실 점거농성, 일본 후지TV 한국지부 기습시위를 벌인 친북주사파 단체입니다.

이번 백색테러사건은 태극기세력을 테러집단으로 덧씌우기 위해 기획된 고도의 정치공작사건입니다.

민노총의 공권력을 우습게 보는 폭력시위와 이를 비호하는 문재인 정권, 교육

현장을 이념교육의 도구로 악용하는 전교조에 이어서 친북주사파단체의 백색 테러공작사건이 서울 한복판에서 공공연히 자행되고 있는 붉은 세상이 되었습니다.

보수의 이념, 가치, 노선에 대한 명확한 인식, 탄핵에 대한 분명한 입장과 촛불쿠데타에 대한 역사적 관점을 가지고, 보수는 진짜, 가짜 보수에 대한 옥석은 가려야 앞으로 나아갈 수 있습니다.

그리고, 보수는 하나로 똘똘 뭉쳐 문재인 좌파정권을 타도하고 퇴진하는 목표로 단일대오로 힘차게 나아가야 합니다.

우리공화당이 그 중심에 서서 보수 대통합의 빅텐트를 칠 것입니다.

대한민국의 명운을 걸고 내년 총선에서 민노총, 전교조, 친북주사파들과의 대결에서 반드시 승리하여, 대한민국을 구할 것입니다.

우리 모두 승리의 그날을 위해 함께 나아갑시다.
감사합니다.

2019년 7월 30일

조국 임명에 대한 입장문

국민 여러분!

2019년 9월 9일.

대한민국의 자유민주주의, 대의민주주의에 조종을 울린 이 날을 부디 기억하십시오.

국민도 인권도 민주주의도 안중에 없는 문재인 정권이 상상을 초월한 각종 범죄의혹을 받고 있는 형사 피의자를 법무부장관으로 밀어붙이면서 오만과 독선의 촛불 정권 정체성을 커밍아웃한 이 날을 결코 잊지 마십시오.

조국의 법무부장관 임명은 국가전복세력인 남한사회주의노동자동맹(사노맹)이 오매불망 바래왔던 대한민국 체제 전복의 완성판입니다.

전향은 물론 국민 사죄조차 없었던 사회주의자 조국을 대한민국 법무 전반에 합법적으로 관장할 수 있도록 허락해 우리 헌정사에서 씻을 수 없는 치욕의 순간을 남긴 '法恥日'입니다.

툭하면 '대한민국 주권은 국민에게 있고, 모든 권력은 국민으로부터 나온다'면서 대한민국 헌법 제1조를 전가의 보도처럼 읊조려대던 이 정권의 민낯도 똑똑히 보셔야 합니다.

그리하여 헌정질서 마저 야욕을 위한 도구로 유린하는 저들의 파렴치한 권모술수에 더 이상 속지 않도록 우리 모두 재무장에 나서야 할 때입니다.

국민 여러분!

문재인 정권 2년 만에 처참하게 짓밟힌 대한민국을 보면 피눈물이 납니다.

많은 이들이 오랜 헌신을 통해 쌓아올린 우리의 대한민국이 모든 문제의 시작과 끝을 관통하는 문재인 이름 석자로 인해 초토화되고 있는 기막힌 현실입니다.

안보 위기, 외교 실종, 경제 파탄 등 어느 곳 하나 성한 구석이 없는 만신창이로 전락했습니다.

국민 여러분!!

국회와 국민을 무시하고 '국가의 독립, 영토의 보전, 국가의 계속성과 헌법수호 책무를' 저버리는 등 대한민국 헌법적 가치에 도전한 문재인은 가짜 대통령입니다.

범죄 피의자 조국도 우리의 법무부장관으로 인정할 수 없습니다.

조국 임명을 기점으로 이제 '문재인의 시간'은 끝났고 대한민국 위기는 더 이상 '조국' 만의 문제가 아니게 됐습니다.

문재인 독재 정권 스스로 종말로 가는 빗장을 열어 제친 탓입니다.

그나마 양심이 남아있다면 들풀처럼 번져나갈 국민적 분노와 저항에 순응하면서 겸허한 자백과 성찰로 준엄한 국민심판에 임하는 게 그나마 현명한 선택일 텐데 그런 깨달음이 가능할지 걱정입니다.

국민여러분 !

모든 국민을 섬기는 대통령이 되겠다고 약속했던 입술의 침이 채 마르기도 전에 온 나라를 분열과 갈등을 넘어 내란적 극한상황으로까지 몰고 가는 분탕으로 씻을 수 없는 죄악의 역사를 남기고 있는 이 정권의 미친 주행을 이대로 놔둘 수는 없지 않습니까?

우리 모두 보수우파의 성지인 광화문광장에 모여 무능하고 부패한 문재인 정권에 본때를 보여줍시다.

우리 손으로 자유시장경제를 기반으로 한 우리 대한민국의 민주주의 가치를 지킵시다.

우리의 생존을 위해서라도 '좌파 가짜 대통령'의 무능과 위선의 연결고리를 과감히 끊어냅시다.

승리를 위한 진군가로, 조국이 찬양했던 '죽창'을 들고라도 함께 뭉칩시다.

우리공화당이 앞장서겠습니다.

신발 끈 단단히 조여매고, 태극기의 깃발은 더 높이 쳐들고 하늘의 뜻을 받들어 문재인 좌파·위선·가짜정권을 끝장내는 선봉에 서겠습니다.

비뚤어진 공모로 거짓의 산을 쌓아 현직 대통령을 끌어내린 저들의 죄를 추상같이 물어 대한민국을 바로 세우는데 분골쇄신의 노력을 다하겠습니다.

국민 여러분!

가열찬 의지로 자유민주주의 수호를 위한 투쟁에 나설 수 있도록 뜨겁게 격려해 주십시오.

최후의 승자가 되는 그 순간까지 우리와 함께 해 주십시오.

감사합니다.

2019년 9월 11일

한일관계 회복 위한 우리의 역할

수십년 쌓아왔던 굳건한 한미일동맹 체제가 무너지고 있습니다.
무너지는 소리에 우파 국민들의 억장도 무너집니다.
한일 관계는 한일국교 정상화 이후 최악의 상황에 놓여 있습니다.

과거 한미일 동맹의 든든한 초석을 기반으로 북한의 위협으로부터 국가안보
를 지켰으며,
이와 함께 놀라운 경제발전의 성과를 거둔 성공의 역사와 자유 대한민국을
후손에게 물려주고자 하는 국민들의 간절한 뜻이 모여 오늘 뜻 깊은 이 자리
를 만들어 내었습니다.
자유우방국들과 연대하여 자유대한민국을 지키는 저항의 전초기지 역할을
다해 주시는 한국보수연합 KCU 최영재 의장님,
그리고 우리공화당 천막당사도 직접 방문, 격려도 해주신 일본보수연합
JCU 제이 아에바 의장님,
감사의 말씀을 드립니다.

오늘날 대한민국의 안보, 외교, 경제 현실은 참담하기만 합니다.
어떻게 지켜온 자유민주주의 체제와 시장경제체제인데, 단 2년 만에 체제
뿌리까지 송두리째 뽑혀나가고 있습니다.

3대 세습 북한공산독재정권을 레짐체인지하고자 했던 지난 모든 노력들은
수포로 돌아갔습니다.

오히려, 남한의 자유민주주의체제가 민중민주주의체제로 레짐체인지될 위기에 처하게 되었습니다.

굳건했던 한미일 동맹의 끈은 문재인과 주사파 청와대 참모들의 일방적인 파기로 단칼에 끊어졌습니다.

지소미아 카드는 사실 북핵의 위협에 대응하기 위해서 우리가 주도적으로 체결하였던 것이고, 한미일 삼국간 안보협력체계를 연결해 주었던 튼튼한 고리였습니다.

단순히 일본의 경제보복에 대한 응징 차원에서 써먹을 카드가 아니었습니다.

문재인 정권 사람들은 대한민국 안보라는 큰 틀과 한미일 동맹체제라는 시각이 아니라, 오직 북한의 시선에서 안보를 무너뜨리는 우를 범한 것입니다.

한 · 미 · 일 삼각동맹을 무력화하고, 한미동맹을 와해시켜서 남한을 적화통일하기 위한 수단으로서 김일성의 '갓끈전술'을 인용하지 않을 수 없습니다.

'갓끈전술'은 한국을 갓으로, 갓끈의 양쪽은 각각 미국과 일본으로 비유해서 이 중 하나만 잘라내도 갓이 머리에서 날아가듯이 한국이 무너짐을 표현한 것이었습니다.

이것은 한미, 한일관계를 파탄내면 자연스럽게 한국을 적화 시킬 수 있다는 북한의 오랜 대남적화 전술로서, 지소미아 파기로 말미암아 한미일 동맹의 갓끈이 끊어져 나갔습니다.

지소미아 파기 결정에 대해 미국 정부는 '문재인 정부'라는 낯선 용어까지 동원하여 실망과 우려를 표명하였습니다.

그래도 문재인은 "아무리 동맹관계여도 국익보다 우선할 수는 없다"고 하여 한미일 동맹 흔들기를 본격화하고 있습니다.

문재인의 결정은 80년대 운동권의 민족해방론적 시각에 입각, 한미일 안보는 냉전구조이며 이를 해소해야 남북평화 공동체를 구축할 수 있다는 생각을 확인해 주었고, 단적으로 미국과 일본의 편이 아니라는 것을 보여준 것입니다.

미국 매티스 전 국방장관은 회고록에서 '동맹이 있는 나라는 번영하지만 그렇지 못한 나라는 쇠퇴한다'고 밝혔습니다.

구한말 풍전등화였던 조선의 운명은 동맹이 없었기 때문입니다.
우리가 해방이후 산업화, 민주화를 동시에 달성하고 선진국 문턱에 다다른 것도 동맹이 있었기 때문임을 부정할 수 없습니다.
미국은 동맹국 국민이 싫다면 철수한다는 확실한 원칙을 갖고 있습니다.
우리 대한민국의 운명, 한미일동맹의 운명은 우리 국민이 쥐고 있는 것과 마찬가지입니다.

6.25 한국전쟁을 다룬 〈마지막 한발까지〉라는 책을 쓴 앤드루 새먼 기자는 'Zero to hero'라는 표현을 쓰면서 한국처럼 전쟁의 잿더미 속에서, 말 그대로 제로상태에서 일어나 영웅적 나라를 만든 것은 20세가의 가장 위대한 국가적 성공사례라고 주장하였습니다.

'한강의 기적'을 일으킨 박정희 대통령의 업적과 관련해서는, 경영학의 대가 피터 드러커는 "역사에 기록된 것 가운데 6.25 전쟁후 40년 동안 한국이 이룩한 경제성장에 필적할 만한 것은 없다."고 평가할 정도였습니다.

이것을 가능하게 한 것은 한미동맹과 한미상호방위조약이었습니다. 한미동맹의 근간이 되는 한미상호방위조약에 따라 주한미군이 주둔하게 되었고, 이로써 제2의 한국전쟁이 발발하는 것을 방지하면서 안보 무임승차를 가능하게 된 것입니다.

2차 세계대전 이후 신생독립국가로서는 유일하게 민주국가의 토대를 구축하는데 성공하였고, 박정희 대통령에 의해 경제적으로 산업국가의 기반을 다지게 된 것입니다.

1961년 당시 한국의 1인당 국민소득은 93달러였음. 103개국중 87위로 최빈국이었음. 아프리카 가봉이 40위, 짐바브웨가 46위, 필리핀은 49위, 아프카니스탄 75위, 캄보디아 78위, 태국은 80위, 수단이 83위 였습니다.

6.25 이후 한미동맹 관계는 미국의 어떤 동맹보다도 성공적인 관계로 발전하여 와서, 오늘날 한미동맹은 공통의 가치와 번영을 기초로 하는 파트너십으로 자리잡았습니다.

그러나, 지금 북한 김정은의 수석대변인을 자처하는 문재인 정권으로 인해 한미동맹이 근간이 흔들리고 있습니다.

동맹이란, alliance를 어원분석하면 al(=to, near, intensive) + li(=bind) + ance(=that which)fh '가까이 또는 완전히 묶이는 것'의 뜻임.

동맹이란, 다시 말해, '적을 공유하는 나라들이 그 공통의 적에 군사적으로 대항하기 위해 맺는 것'입니다.

그런 의미에서, 한미일 동맹이 진정한 동맹이라면 한국은 누구 편이냐는 질문은 우문에 가까울 것입니다.

전쟁이 나면 함께 싸우겠다고 약속한 나라가 같은 편이 아니라고 한다면, 국제정치에서 어느 나라가 같은 편이겠습니까?

오늘, 대한민국의 위기, 한미일 동맹의 위기상황에서

이 자리는 한일관계를 활기가 넘쳤던 과거 정부 시절로 회복시키기 위한 방안은 없는 지,

양국 관계 회복을 위해 양국 보수진영은 무엇을 해야 하는지,
또 나아가 북한 해방을 위해 한미일 3국은 어떻게 공동보조를 취할 것인가?
를 모색해 보는 자리입니다.

또한, 아시아 태평양 지역 국가의 자유와 민주주의를 지키기 위해 설립된 아시아태평양보수당연합(APCU)가 권위주의에 대항하기 위해 모색중인 블록체인 자유 생태계의 내용을 공유하는 의미있는 자리가 이어질 것입니다.

거듭, 이렇게 뜻 깊은 행사를 마련해 준 JCU(일본보수연합), KCU(한국보수연합), 그리고 행사 관계자 분들 모두 고생 많으셨습니다.

2019년 9월 25일

학교 교육에 침투한 젠더 전체주의

젠더 이데올로기가 서구 선진국을 무너뜨리고, 이제 한국 교회와 대한민국을 위기에 빠트리고 있습니다.

더 절망적인 상황은 건전한 성윤리를 배움으로써 건전한 사회 구성원으로 성장하도록 역할을 해야 할 학교가 오히려 학생들에게 젠더이데올로기를 주입하고 교과서를 통해 급진적 성교육을 가르치는 아주 위험한 곳이 되었다는 점입니다.

학생의 존엄과 가치가 학교교육과정에서 보장되고 실현하는 것을 목적으로 했던 학생인권조례는 "임신이나 출산" "성적지향이나 성별 정체성"등을 이유로 차별받지 않을 권리를 명시함으로써, 학생들이 임신하거나 출산하는 것, 동성애 행위를 하거나 트랜스젠더로 살아가는 일체의 행위를 학생들의 권리인양 조장하는 형편입니다.

우리 사회의 가장 기초적이고 중요한 윤리영역 가운데 하나인 성윤리를 학생의 권리를 억압하는 반인권적인 제도로 간주하고 학생인권이란 이름으로 해체하고 있는 것입니다.

학생인권조례가 온갖 좋은 말로 포장하고 있지만, 결국은 학생들에 대한 전인교육과는 거리가 먼 기존 사회질서의 해체라는 정치적 이데올로기를 실현하기 위한 투쟁도구에 불과한 것입니다.

우리 아이들이 학교에서 배우는 교과서에까지 깊숙하게 침투한 젠더이데올로기의 실상은 더 기가 막힐 노릇입니다.

중고등학교의 다양한 교과서에서 우리 아이들은 젠더 용어와 동성애를 옹호하는 교과내용에 그대로 노출되고 있습니다.

일부 교과서에서는 동성간 성행위자를 성소수자로 지칭하고서, 성적 소수자에 대한 차별은 인권침해라는 내용이 버젓이 실려 있는 지경입니다.

피임과 성병 교육이란 이름으로 학생들의 자유로운 성행위를 옹호, 조장하고, 아이들의 호기심을 자극해 성문란, 성중독을 일으킬 수 있는 급진적 성교육이 우리 아이들의 정신을 황폐화시키고 있습니다.

이렇게 왜곡된 성을 가르치는 교과 내용은 지금이라도 당장 중단, 폐지되어야 할 것입니다.

그런 의미에서 오늘 이 자리는 매우 뜻 깊고 의미 있는 자리가 될 것입니다. 젠더이데올로기에 물들어 가는 학교를 바로잡고, 우리 아이들을 좋은 방향으로 이끌기 위해 학부모님들과 전문가분들이 팔을 걷고 나섰습니다.

오늘 행사가 단지 일회성 행사에 그치지 않고, 보다 많은 국민들에게 젠더이데올로기의 실상을 알리고, 잘못을 바로잡는 계기가 되었으면 하는 절실한 바람입니다.

저부터, 아이 키우는 학부모 입장으로 돌아가 적극적으로 여론을 환기하고, 입법이 필요한 부분은 입법으로, 그리고 입법을 저지해야 할 부분이 있다면 뜻을 같이하는 분들과 연대하여 적극 대처하도록 하겠습니다.

2019년 10월 8일

동성애 옹호로 교육현장 오염시키는
좌파정권 규탄한다

경기도 안양시 동안구에 소재한 공립 관양고등학교 2학년 2학기 '국어독서 영역'중간고사 시험문제에 유시민이 2013년 발간한 수필집 〈어떻게 살것인가〉 중 동성간 성관계와 동성결혼을 옹호하는 글이 발췌, 출제되었습니다.

본 지문에 딸린 시험문제는 총 3개, 문제당 4점 배점으로 총 12점을 배정하였습니다.

지문 중"... 가장 깊고 황홀한 사랑은 '성적(性的) 교감을 토대로 한 사랑'이라고 나는 믿는다...성적인 교감을 바탕으로 맺어진 인생의 동반자가 반드시 생물학적으로 이성(異性)이어야 한다는 말이 아니다.

'성적인 교감을 바탕으로 맺어진 인생의 동반자가 생물학적으로 동성이라 할지라도 사랑을 매개로 한 관계라면 그 본질은 같다고 생각한다'...
만약 연인으로서의 매력을 완전히 잃어버릴 경우 상대방은 다른 사람에게서 사랑을 찾게 될 위험이 있다...사랑이 없는 혼인 생활을 계속 하는 것은 새로운 사랑을 찾기 위해 헤어지는 것보다 더 큰 불행일 수 있다..."

이른바, 젠더 이데올로기가 우리 아이들이 건전한 성윤리를 배움으로써 건전한 사회 구성원으로 성장할 수 있는 역할을 해야 하는 학교에 깊숙이 침투한 단적인 사례입니다.

이제 학교는 학생들에게 젠더이데올로기를 주입하고 교과서를 통해 급진적 성교육을 가르치는 아주 위험한 곳이 되었습니다.

이른바, 학교에서 배우는 교과서에까지 깊숙하게 침투한 젠더이데올로기의 실상은 더 기가 막힐 노릇입니다.

중고등학교의 다양한 교과서에서 우리 아이들은 젠더 용어와 동성애를 옹호하는 교과내용에 그대로 노출되고 있습니다.

일부 교과서에서는 동성간 성행위자를 성소수자로 지칭하고서, 성적 소수자에 대한 차별은 인권침해라는 내용이 버젓이 실려 있는 지경입니다.

'교과서가 미쳤다'는 표현이 지나치지 않을 정도로 피임과 성병 교육이란 이름으로 학생들의 자유로운 성행위를 옹호, 조장하고, 아이들의 호기심을 자극해 성문란, 성중독을 일으킬 수 있는 급진적 성교육이 우리 아이들의 정신을 황폐화시키고 있습니다.

중학생에게 10가지 피임법을 자세하게 알려주며, 사용도중에 콘돔이 찢어지지 않도록 주의하라고 가르치고 있으며, 학부모들은 공교육에서 성해방을 가르치는 사실에 억장이 무너진다고 호소할 정도입니다.

금번, 안양 관양고 국어시험문제 지문으로 사용되는 유시민의 수필 〈어떻게 살것인가〉 내용중 동성애, 동성혼 옹호하는 글도 문제이지만,

우리 아이들의 대학 입시를 좌우하는 내신 중간고사 문제에 의도를 갖고 인용한 것은 더 큰 문제입니다.

건전한 성윤리를 배우고 가르쳐야 할 학교에서 학교 교사가 학생들에게 동성애, 동성혼을 권장하는 젠더이데올로기를 강제로 주입한 꼴입니다.

아이들은 동성애, 동성혼을 배우지 않을 권리가 있으며, 이것은 학생들의 학습권을 근본적으로 침해하는 행위입니다.

금번 국어 중간고사 시험문제를 출제한 출제자, 문제를 감수한 감수자, 그리고 이를 중간고사 시험문제로 최종 승인, 배포되기까지 관련된 학교 관계자들은 그 책임에서 결코 자유로울 수 없습니다.

동 시험문제 출제사건은 건전한 이성관과 결혼관에 혼란을 조장하고 공교육의 장인 학교에서 왜곡된 성의식을 강제한 것으로서, 학부모들의 걱정을 덜고, 사후 재발방지를 위해서라도 사건의 진상을 낱낱이 밝히고 책임자에게 대해 응분의 책임을 엄중히 물을 것을 요구합니다.

역사의 심판대는 돌고 돈다

김오수 법무부 장관 대행께

오랜 고민 끝에 글을 시작합니다.
그동안 두 번씩이나 형집행정지 신청이 좌절되는 바람에
대통령 고통을 가중시켰다는 죄책감이 적지 않은데
또 다시 같은 누를 끼치게 될 수 있다는 걱정이 컸기 때문입니다.

저 역시 여당 국회의원 경험이 있기에
무언가를 결정하고 선택하는 과정에서
저마다의 입맛에 따라 봇물을 이루는 충고나 경고 때문에
국가를 운영하는 이들이 맞닥뜨리게 되는 고충이 크다는 점을 잘 알고 있습니다.
심지어 이 글을 적고 있는 저 역시
수없이 많은 이유로 탄원의 당위성을 하소연하는 사람 중
한 명에 불과하다는 사실도 잘 알고 있습니다.
그럼에도 불구하고 이 문제 제기만큼은
개인의 이익이나 진영 논리가 개입되지 않은
대한민국 미래를 위한 나름의 충정의 발로라는 사실을
이해해주길 바랍니다.

박근혜 대통령에 대한 탄핵, 재판 중인 혐의를 둘러싸고
벌여왔던 그동안의 논쟁을 새삼 되풀이하고 싶지는 않습니다.
옳고 그름을 논하기 위해 나선 게 아니기 때문입니다.

제가 드릴 말씀은 오로지 한가지입니다.
이제 그만 박근혜 대통령님을 자유롭게 해 주십시오.
이미 고령의 환자로 온갖 고통에 시달리고 있는 현실에 대해서는
더 이상의 설명이 필요하다고 생각하지 않습니다.

지금 이 시점에서 방점을 두고 주시해야 할 부분은
탄핵에 대한 찬반, 부당성 여부를 떠나
1000일 가까이 구금이 이어지고 있는 상황에 대한
반대여론이 갈수록 늘어나고 있는 현실입니다.

간혹 정치적 이해관계로 해석하는 이들 사이에서
태극기세력과 많은 추종자들 그리고 우리공화당에 대한 반감을 앞세워
수감의 당위성을 역설하는 이들도 있지만
감정보다는 냉철한 판단으로 현실을 직시할 때인 만큼
대의에 맞는, 국민 화합을 위한
보다 지혜로운 처신이 강구돼야 마땅하다고 생각합니다.

제발
이제라도 평온한 여생을 보낼 수 있도록
배려해 주십시오.
구금 기일 1000일을 넘기는 불행한 역사가
새롭게 기록되는 부당함을 막아주십시오.
만에 하나 또 다시 차디찬 감옥으로 되돌리려 든다면
그 천추의 한을 어떻게 감당하려는 겁니까?

부디 우매한 결정으로 스스로의 손에 피를 묻히는
불상사를 자초하지 않게 되길 바랍니다.

부모님 모두 시해를 당하는 등
영욕과 질곡의 역사를 온 몸으로 부딪히며 살아온 분입니다.
이런 식으로 비정한 선택이 계속돼
무슨 일이라도 생기면 후일을 감내할 수 있을지 두렵습니다.
대한민국 역사에 더 큰 후회를 남기게 될까 걱정됩니다.
오늘을 사는 우리 중 역사의 준엄한 심판에서
자유로울 수 있는 사람이 과연 누가 있겠습니까.
돌고 도는 역사의 심판대. 모두가 익히 알고 있는 섭리 아닙니까.

간곡히 부탁드립니다.
대통령을 잘못 모신 허물은 우리가 지고 갈 테니
이제는 야인이 된 그를 편안하게 놓아 주십시오.
이제라도 평온한 여생을 보낼 수 있도록
배려해 주십시오.
혼란의 도가니에 빠진 대한민국을 구하는 결단을 내려주십시오.

2019년 12월 2일

박근혜 前 대통령 재수감 관련 입장

오늘(12.3) 박근혜 前대통령께서 건강한 자유의 몸으로 국민에게 돌아와 주기를 바랐던 국민들과 당원들의 애끓는 염원에도 불구하고, 교정당국은 다시 차디찬 서울구치소에 재수감하는 비정함을 보였습니다.

오늘로 정확히 인신 구속된지 978일째 되는 날입니다.
서방 선진국은 물론, 세계 어느 국가에서 전직 대통령, 그것도 70세가 다되어가는 여성 대통령을 1,000일 가까이 인신구금상태로 두었던 사례를 익히 들어본 바가 없습니다.
세계 10위권의 반열에 오른 국가 위상에도 어울리지 않을뿐더러, 국격에도 맞지 않을 것입니다.
세계의 웃음거리가 되는 날을 하루 더할 뿐입니다.

지난달 28일에는 박근혜 전 대통령에 대한 국정원 특수활동비 수수혐의에 대한 대법원 상고심 판결이 있었습니다.
고법으로 파기환송하여 5년형에 또 형을 추가할 경우, 지난 8월 29일 서울고법으로 돌려보낸 이른바, 국정농단사건이 최소 징역 25년의 형량과 공천 개입 사건 징역 2년을 추가하면 최하 32년의 형이 확정되게 됩니다.

박 대통령 67세 나이를 생각하면 사면 없는 만기 출소는 99세가 되어야 가능한 것이 현실입니다.

전직 대통령 구속 사례와 비교해서도 구금기간이 지나치게 가혹합니다.

내란죄 · 군사반란죄 · 뇌물죄 등으로 1심에서 사형, 징역22년6개월을 각각 선고받았던 전두환 前대통령, 노태우 前대통령도 만2년여 만에 특별사면, 석방되었습니다.

전직 여성대통령에 대한 참혹한 인권유린이자 법치를 가장한 잔혹한 법의 횡포라고 하지 않을 수 없습니다.

그래서 어제(12.2) 저는 우리공화당을 대표하여, 박근혜 前대통령의 석방을 탄원하는 탄원서를 문재인 대통령과 김오수 법무부장관 직무대행에게 제출하였습니다.
오랜 고민 끝에 탄원의 글을 쓰게 되었습니다.
두 번씩이나 형집행정지 신청이 좌절되는 바람에 박대통령에게 고통을 가중시켰다는 죄책감이 컸으며, 또다시 같은 누를 끼치게 되지 않을 까 걱정이 되었습니다.

개인의 이익이나 진영의 논리가 개입되지 않은, 대한민국의 미래를 위한 충정의 발로였습니다.

무엇보다도, 저는 박근혜 대통령에 대한 탄핵, 재판과정상의 혐의를 둘러싼 논쟁을 다시 되풀이하거나 시시비비를 가리기 위해서가 아니라, 오직 박근혜 대통령을 자유롭게 해달라는 그 한가지만을 말씀드린다고 간절히 호소하였습니다.

그리고, 1000일이 가까워지는 인신구속에 대한 반대여론이 높아져가는 현실에서 수감의 당위성을 우선하기 보다는 냉철한 판단으로 현실을 직시하여 국민화합의 대의를 쫓다 보다 지혜롭게 대처해 줄 것을 기대한다고 밝혔습니다.

아울러, 구금기일 1000일을 넘겨 불행한 역사가 새롭게 기록되는 부당함을 막아달라고 호소하면서, 또다시 차디찬 감옥으로 돌려보내는 우매한 결정으로 스스로의 손에 피를 묻히는 불상사를 자초하고, 또 그것이 천추의 한으로 남지 않기를 바란다고 읍소한 바 있습니다.

박근혜 대통령은 부모님 모두 시해를 당하는 등 영욕과 질곡의 역사를 온 몸으로 부딪히며 살아온 분입니다.
이런 식으로 비정한 처사와 역사적 과오가 되풀이된다면, 후일 그 뒷감당을 어떻게 감내할 것입니까?
대한민국 역사에 더 큰 후회와 죄과를 남길 뿐일 것입니다.

오늘을 사는 우리 중에서 역사의 준엄한 심판에서 자유로울 수 있는 사람은 아무도 없습니다.

마지막으로, 저는 대통령을 잘못 모신 허물은 다 저희가 지고 갈테니, 박대통령을 편안하게 놓아주고, 이제라도 평온한 여생을 보낼 수 있도록 배려해 줄 것을, 또 그럼으로써 혼란의 도가니에 빠진 대한민국을 구하는 결단을 내려줄 것을 진심으로 당국에 호소드리는 바입니다.

2019년 12월 3일

순국선열과 호국영령 영전에 감사의 마음 바칩니다.
조국과 민족을 위해 자신의 전부를 바친 충절과 헌신을 생각하면
가슴이 뜨거워집니다.
그 뜨거운 피로 남기신 님들의 명령, 결코 잊지 않겠습니다.
그 숭고한 희생 헛되지 않도록 영광의 대한민국 대대손손 이어가겠습니다.

－현충탑에서

EPILOGUE

홍문종을 바라보는 시선 I

홍문종, 그와는 1982년 하버드에서 인생의 중요한 시기를 함께 하면서 친구가 되었다.

전라도 출신으로 광주 5·18을 생생하게 기억하고 있던 내게, 여당 국회의원 아들 타이틀을 단 그가 처음부터 달가운 존재였던 건 아니었다. 그럼에도 친구가 될 수 있었던 건 그의 처신 덕분이었다. 지켜보니 순수했다. 안목과 관용이 조화를 이루는 가운데 친화력이 뛰어났다. 뜨악해하던 주변 사람들도 겸손하고 살갑게 다가오는 그에게 대번에 무장해제 되곤 했다.

체력은 장사인데(테니스를 배우느라 그의 공을 쫓아 뛰어다니던 기억이 새롭다) 술을 마시지 않았다. 아버님과의 약속을 이유로 댔다. 친구들이 아무리 아버지하고 약속했어도 이역만리 미국 땅인데 몰래 마시면 되지 않겠느냐며 아무리 꼬드겨도 완강했다. 그러면서도 꼬박꼬박 술자리에 참석하고 뒤치다꺼리를 도맡곤 했다.

언제나 껄껄 웃으며 아무리 속상해도 표정을 바꾸는 법이 없었다. 안목과 관용의 조화로운 인품, 기발한 표현과 센스 있는 멘트로 좌중을 사로잡던 일품 연설 또한 빼놓을 수 없다.
언젠가 교내에서 테니스를 치다가 한창 혈기에 집단으로 시비가 붙는 일이 있었다. 경찰까지 출동했는데 그 일촉즉발 위기에서 차분하고 정연한 논리로 상대를 제압하고 우리를 구해내던 강단은 늘 온화하기만 했던 그가 보여준 의외의 모습이었다.

첫 학기 학기말 고사를 일주일 앞둔 크리스마스 무렵, 도서관에서 크리스마스 카드를 산처럼 쌓아 놓고 부지런히 펜을 놀리던 모습을 보며 정치를 해보겠다던 그의 결심이 헛말이 아님을 알았다.

그러나 예상과는 다르게 그의 정치적 행보는 굴곡이 많았다. 이제 어려운 고비를 넘기고 정치 현장에서 활약하고 있는 그를 즐거운 마음으로 지켜보고 있다. 아직은 그의 기량이 제대로 발휘되고 있는 것 같지는 않다. 하지만 조만간 정치적 최고봉에서 그의 진면목을 마주하게 되리라 믿는다.

-송하중

II

문종이를 볼 때마다 팍스 몽골리아 시대를 연 몽고의 영웅, 징기스 칸의 저돌적이고 진취적인 기상을 떠올리게 된다. 어릴 때부터 국가와 민족의 미래를 걱정하고 이를 주제로 토론을 즐기는 특이한 모습으로 눈길을 끌던 그다.

문종이의 남다름이 우연의 산물이 아니라는 건 방학 때마다 그의 집에 드나들면서 알게 됐다. 문종이네 가면 반드시 통과해야 하는 '의례'가 있었다. 항일, 반공으로 점철된 문종이 아버님의 투철한 국가관을 반강제적으로 주입(?)받는 일이 그것이다. 빨리 끝내고 나가 놀고 싶은데 아버지의 일장훈시는 끝없이 이어지기 일쑤였다. 아들 친구들에게 그 정도였으니 당신 아들에게는 얼마나 했을까 짐작이 가고도 남는 대목이다. 문종이의 하버드 박사학위 논문도 일제 치하 식민지시대의 교육정책에 관련한 내용이었다.

둘이 여행을 많이 다녔다. 사전 준비에 철저해서 이것저것 따질 것이 많았던 나와는 달리 문종이는 목적지만 정해지면 여행 준비가 거의 끝났다. 서로 많이 달랐지만 다투지는 않았다. 일단 부딪혀보자는 문종이에게 이끌려가다 보면 생각지도 않던 횡재가 눈앞에 나타나는 일이 종종 있었기에 고집부릴 일이 별로 없었던 것 같다.

문종이가 미국에서 유학하던 시절, 둘이서 미국의 중소도시를 돌며 여행할 때의 이야기다. 한국인이 드문 소도시에서 발견한 한국식당은 그야말로 사막의 오아시스 같았다. 외국 여행 중인 대부분의 한국인들이 그렇듯 한국음식 생각이 간절해진 탓이다.

예상 외로 식당에 들어서자마자 그가 찾은 건 '한국신문'이었는데 매번 그랬다. 그렇게 이미 날짜가 지난 한국신문 더미에 코를 박고 있는 그를 보면서 '저 친구가 정치를 하려나 보다' 그런 생각을 처음 했던 것 같다.

그의 남다름을 일깨워주는 또 다른 기억이 있다. 하버드 박사 과정을 마친 문종이가 논문 정리만 남긴 채 귀국하는 과정에서 벌어진 해프닝이다. PC가 없던 시절, 문종이가 논문을 위해 준비한 자료는 여행 가방 하나를 가득 채우는 분량이었다. 수하물량 초과로 그 자료가방은 마침 뉴욕에 출장 나왔다 함께 돌아가기로 한 내게 맡겨졌다.

그런데 그의 가방에 사단이 나고 말았다. 다른 것도 아닌 목숨 같은 박사논문 자료가 담긴 가방이 말이다. 항공사마다 뛰어다녔지만 돌아오는 건 '신고하고 기다려라'는 한결 같은 답변뿐이었다. 친구의 오랜 노고가 하루아침에 날아갈 수도 있다고 생각하니 그야말로 하늘이 노래졌다. 정작 당사자는 "기다려보자. 가봤자 아프리카쯤이겠지"라면서 의연한 모습이었다. 남미로 간 가방의 행방이 파악되기까지 이틀여 내내 그는 잘 먹고 잘 노는 모습으로 친구를 배려했다.

오래 지켜본 친구로서 '문종이야말로 정치에 딱 맞는 사람'이라고 단언한다. 타고난 정치적 자질만으로 보면 최우수 유전인자를 소유했다. 하지만 그가 정치하겠다고 처음 나섰을 때 나는 간곡히 만류했었다. 고단한 여정을 생각하면 선뜻 동조할 수 없었기 때문이다.

그러나 일신상의 안일이 아니라 나름의 소명의식으로 선택한 길이라며 오래 꿈꿔왔던 이 길을 가겠다는 그의 설명을 들으니 더 이상 만류하는 건 능사가 아니라는 생각이 들었다. 그래도 여전히 걱정이다.

그는 선천적으로 불법을 저지를 체질이 못된다. 나쁜 찬스를 자신의 업그레이드 기회로 활용하는 요령도 없다. 부도덕한 측면에서는 영 경쟁력이 없는 그가 거짓과 음모, 그리고 비리가 난무하고 얼굴에 철판을 깔아야 살아남을 수 있는 이 판을 수월히 넘기기에는 지나치게 반듯하고 따뜻한 사람이다. 그럼에도 불구하고 그가 더 큰물로 나서길 바란다. 더 크게 기여하는 정치로 거듭나 대한민국을 순항시키는 주역이 되길 바란다.

—신명기

III

문종이는 중학교 3년 내내 담임을 맡았던 제자였다.

온실에서 자란 것 같지만 친구들을 통솔하는 솜씨가 여간 아닌, 사내다움이 넘치는 학생이었다. 여전히 속해 있는 집단에서 우두머리 노릇을 하는 것 같다.

예전에도 몸집이 크지 않아 주로 앞줄에 앉아 있었는데 저보다 크고 힘센 아이들한테 늘 당당한 모습이었다. 공부를 잘했고 명랑하고 유머감각이 뛰어났다. 통찰력이 있었고 글도 잘 썼다. 뭔가를 시키면 꼼꼼한 일솜씨를 보였고 당찬 기질도 있었다.

무엇보다 다른 사람을 돌보는 게 몸에 배 있고 의리 있고 선한 배려심이 돋보이는 친구였는데 부모님의 남다른 훈육이 있었던 것 같다.

반면 놀기도 좋아했다.

매 수업 사이사이 10분씩 쉬는 시간마다 교실에 남아 있던 적이 없다.

수업이 끝나자마자 나갔다가 다음 수업시간에 맞춰 초를 다투며 뛰어 들어왔는데 급하면 훌랑훌랑 의자를 뛰어넘어 제자리에 앉던 모습이 눈에 선하다. 특히 복도에 인접한 자리를 선호했는데 아마도 매번 들고날 때의 편리성을 감안한 선택이 아니었나 싶다.

문종이가 지금도 선배며 친구들을 두루 챙기는 것으로 알고 있다.

스승에 대해서도 마찬가지다.

매년 스승의 날이면 예전 담임을 맡았던 스승들과 스승의 은사님까지 챙겨 초대를 하는데 분위기가 아주 좋다. 백여 분의 선생님들이 참석해 문종이와 그 친구들의 정성을 뿌듯한 마음으로 즐기는 연례행사가 됐다. 스승의 날이면 여기저기서 오라는 곳이 많지만 나는 문종이가 주선하는 모임에만 간다. 그곳에서 선생님들을 불편함이 없도록 살뜰하게 살피는, 환갑을 넘긴 나이에도 여전히 귀여운 제자를 바라볼 수 있어 행복하다.

요즘 국회에서 정치인으로 활동하는 걸 보면 어릴 때 모습과 많이 겹친다.

어릴 때부터 판단력이 뛰어났고 냉철하고 공정하게 평가할 줄 아는 자질이 예사롭지 않았는데 결국은 뭔가를 해내고 있는 것 같다.

문종이한테 이담에 크면 정치 거목이 될 거라고 격려했던 기억도 난다.

지금 정치인 중에서는 문종이가 제일 잘하는 것 같다. 지금까지 그래왔듯, 앞으로도 문종이가 세상을 위해 자기가 갖고 있는 최고의 역량을 발휘하는 모습을 꼭 보고 싶다.

—장신재

초판 1쇄 펴낸 날 | 2020년 1월 14일

지은이 | 홍문종
펴낸이 | 이금석
펴낸 곳 | 도서출판 무한
등록일 | 1993년 4월 2일
등록번호 | 제3-468호
주소 | 서울 서울 마포구 잔다리로 9길 10
전화 | 02)322-6144
팩스 | 02)325-6143
홈페이지 | www.muhan-book.co.kr
e-mail | muhanbook7@naver.com

가격 25,000원
ISBN 978-89-5601-753-2 (03810)

잘못된 책은 교환해 드립니다.